跟着古人游吴兴

刘正武　编著

古吴轩出版社

图书在版编目（CIP）数据

跟着古人游吴兴 / 刘正武编著. -- 苏州：古吴轩出版社，2021.9
ISBN 978-7-5546-1804-2

Ⅰ. ①跟… Ⅱ. ①刘… Ⅲ. ①游记－作品集－中国－古代 Ⅳ. ①I262

中国版本图书馆CIP数据核字(2021)第178271号

责任编辑：周　娇
责任校对：戴玉婷
装帧设计：李　璇
责任照排：吴　静

书　　名：跟着古人游吴兴
编　　著：刘正武
出版发行：古吴轩出版社
地址：苏州市八达街118号苏州新闻大厦30F　　邮编：215123
电话：0512-65233679　　传真：0512-65220750
出 版 人：尹剑峰
印　　刷：苏州恒久印务有限公司
开　　本：700×1000　1/16
印　　张：13.5
字　　数：145千字
版　　次：2021年9月第1版　第1次印刷
书　　号：ISBN 978-7-5546-1804-2
定　　价：98.00元

序

明万历四年（1576），湖州府潞溪，一部游记横空出世。

这本名垂旅游文献史的著作为《天下名山诸胜一览记》，共十六卷。在这部作品中，作者以如花妙笔把天下名山大川写得万分动人。他说这部书：

> 始于畿甸，而及于要荒；详于通都大邑，而不遗夫遐陬僻壤；小至于岩窦，而及于岳镇之大；始于泉之涓涓，而及于江海之汪洋无际。本之乎天造地设，巧之乎鬼斧神工，极之乎变幻莫测。亦可见天地之大，何所不容，亦何所不有。

天下山水风光被他这样一描述，如何能不令人心往神驰？该书作者慎蒙，字子正，出生于明代正德五年（1510），嘉靖三十二年（1553）进士，今湖州市吴兴区路村人（当时叫作潞溪）。慎蒙曾经为官福建，官至某道监察御史，明察善断，不避豪贵。后来因为耿直而退职乡居。他的后半生以著述为主，学术所涉范围很广。凡所著作，多所发明。

明代中后期，江南旅游成为社会风尚，一度达到空前地步。尤其是文人学士，几乎无人不以旅游为奢侈追求。这其中有几个重要的原因：天下太平，经济富足，水陆交通便利，文化繁荣，加之奢靡、结社之风盛行。经由阳明心学演化，人文主义思潮强调人心自性醒悟，要求人性解放，鼓吹行为自由，人欲、私欲贵贱平等。这风气一盛行，极大地促进了文人旅游活动的增长。为了方便旅游，甚至出现旅游指南类图书，如《天下路程图引》《天下水陆路程》《客商一览醒迷》等等，详细描述全国各地水陆交通、车船换乘、地理状况、气候物产、风土民俗，恍若今天的“旅游攻略”。这是中国历史上集中出现大量游记的时期，也涌现出一大批旅行文学家，如徐霞客、张岱、王思任、杨慎、沈周、文徵明、董其昌、王士性、曹学佺、田汝成、谢肇淛、张翰、沈德符等等。他们一边云游各地，看遍名山大川，一边纵情写作，把博闻广见载之于笔，推动并成就了旅游史上一次高潮的出现。

湖州吴兴，西部崇山峻岭，丘陵起伏，天目山余脉自东南延伸而来，直至太湖边；东部则大致以东苕溪为分界线，劈为平原与山地，东苕溪以东是江南湿地，平原为主、极少高地，直至大海。远古时期大海内侵，这里也曾几度成为海岸线。吴兴地方史始于汉末开始的翔实记录。汉魏六朝是群体旅游文化自觉的时代，从文人的记述中，我们已经看到了大量把旅游的心态诉诸笔墨的写作，比如东晋《吴兴记》载：

> 卞山峻极，非清秋爽气，不见其顶。
>
> 紫花涧，两岸芳芜之中出紫苑，长薄之下生珠藤。至三月，紫花满涧，一名花濑。
>
> 含山，震泽东望，苍然茭苇，烟蔚之中，高邱卓绝，因以名焉。

据同治《湖州府志》卷十八："在府城西北十八里，为府治主山，亦曰弁山。'卞''弁'古通用。"宋叶梦得诗："山势如冠弁，相看四面同。"明《吴兴掌故集》考据称："作卞者，《郡国志》云：'卞和采王处。'《寰宇记》非之。"各有所据。本书采录古文写法，不作统一。

这是具有明晰的旅游文化心态和游记性质的笔墨记述。

吴兴人文荟萃，历史上的游记文章至少有数千篇。这些文章记述了吴兴的奇山秀水，也隐隐透露了旅行者的自我情怀和价值追求，是需要创造性转化和创新性发展的地域文化宝库。点校出版这些游记，有利于挖掘深厚的吴兴历史文化，促进文化和旅游的进一步融合发展。

本书选取吴兴游记精彩华章五十二篇，予以注释赏析，发思古幽情，以赏山水，以迎来宾，以助游兴。

是为记。

刘正武

2021年9月10日晨

目录

郡后堂有好山水

〔南朝〕李延寿

李延寿，字遐龄，唐代著名史学家，相州（今河南省安阳市）人，唐贞观年间出任太子典膳丞、崇贤馆学士，后任御史台主簿，官至符玺郎，兼修国史。李延寿曾参加过官修的《五代史志》《晋书》及当朝国史的修撰。还独立撰成《南史》《北史》，《新唐书》对两书评价颇高，称“其书颇有条理，删落酿辞，过本书远甚”。

题记

本文选自《南史》卷七十六《隐逸传·沈麟士》。本篇题目为编者所加。文章描述沈麟士隐居在德清余不吴差山教授子弟，不愿意为官的事迹。文章记载了吴兴最早的山水园林胜迹。

隐居余不吴差山[1]，讲经教授，从学士数十百人，各营屋宇，依止其侧，时为之语曰：“吴差山中有贤士，开门教授居成市。”麟士重陆机《连珠》[2]，每为诸生讲之。征北张永为吴兴，请麟士入郡。麟士闻郡后堂[3]有好山水，即戴安道[4]游吴兴，因古墓为山池也。欲一观之，乃往停数月。

注释

［1］余不吴差山：今为德清县乾元镇乾元山。

［2］《连珠》：指陆机作品《演连珠》。

［3］郡后堂：吴兴郡守所在地的后堂。推测当在今湖州爱山台故址一带。

［4］戴安道：戴逵（326—396），东晋隐士。

赏析

这篇文章描述沈麟士因讲学而闻名，为了看看戴安道游览吴兴时留下的山水佳处，就接受郡太守张永征召的事。

沈麟士（419—503），字云祯，主要生活在南朝宋、齐时代。他是吴兴沈氏大族的子弟，但是战乱导致家庭衰落，家贫如洗，以织帘为生。他好学不倦，博览群书，人称“织帘先生”，隐居在吴差山（今德清乾元山）讲学。学生数百人，都在其房舍附近造屋居住以求学，乃至吴差山人口众多，热闹成市。时人称颂“吴差山中有贤士，开门教授居成市”。沈麟士很喜欢陆机的文章《演连珠》，经常给学生讲解。征北将军、吴兴郡太守张永得知他的学养深厚，就邀请他来吴兴郡。沈麟士听说吴兴郡郡府后堂有很好的风景，是西晋时期的著名隐士戴逵在这里隐居的时候就着古墓而建起来的，因此接受邀请前来，住了几个月。后来张永请他做官，他以“自杀”回答才得以离开。

这是较早的关于湖州山水风景旅游佳处的文献。

（黄文燕　李梦菱）

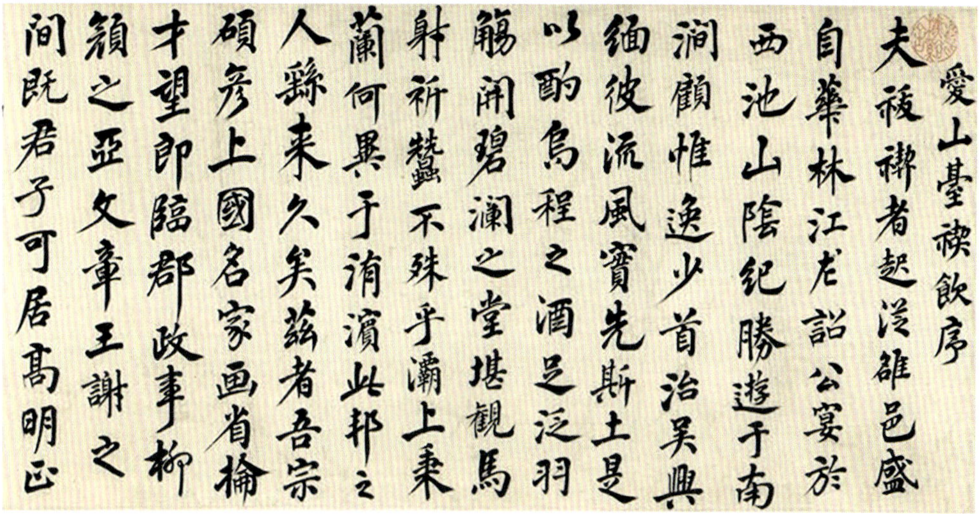

清代吴伟业《爱山台禊饮序》(局部)

梁吴兴太守柳恽西亭记

〔唐〕颜真卿

颜真卿（709—784），字清臣，别号应方，京兆万年（今陕西省西安市）人，祖籍琅玡临沂（今山东省临沂市）。唐玄宗开元二十二年（734）登进士第，官历监察御史、殿中侍御史。后因得罪权臣杨国忠，被贬为平原太守，世称“颜平原”。安史之乱时，颜真卿率义军对抗叛军，一度光复河北。后至凤翔，被授为宪部尚书。唐代宗时官至吏部尚书、太子太师，封鲁郡公，人称“颜鲁公”。颜真卿书法精妙，初学褚遂良，后师从张旭，得其笔法。其正楷端庄雄伟，行书气势遒劲，创颜体楷书，与赵孟頫、柳公权、欧阳询并称为“楷书四大家”，对后世影响很大。其著作多佚，后人辑有《颜鲁公文集》。

题记

文章选自《全唐文》卷三百三十八。碑中所提到的“邑宰”李清，天宝年间进士，与皇甫曾、刘太冲及鲍防同年，后出任乌程县令。颜真卿曾任湖州刺史，在湖州曾召集文士修《韵海镜源》，并留下了《干禄字书》《湖州帖》等碑帖。《梁吴兴太守柳恽西亭记》现已有残缺碑刻现世，收藏在浙江大学。碑文的发现，纠正了传世文章的两处错讹。

湖州乌程县南水亭，即梁吴兴太守柳恽之西亭也。缭以远峰，浮于清流，包括气象之妙，实资游宴之美。观夫构宏材，披广榭，豁达其外，睽罛[1]其中。云轩水阁，当亭无暑，信为仁智之所创制。原乎其始，则柳吴兴恽西亭之旧所焉，世增崇之，不易其地。按吴均《入东记》云：“恽为郡，起西亭毗山二亭，悉有诗。”今处士陆羽《图记》云：“西亭，城西南二里，乌程县南六十步，跨苕溪为之。昔柳恽文畅再典吴兴，以天监十六年正月所起，以其在吴兴郡理西，故名焉。文畅尝与郡主簿吴均同赋《西亭五韵》之作，由是此亭胜事弥著。”间岁颇为州僚据而有之。日月滋深，室宇将坏，而文人嘉客，不得极情于兹，愤愤悱悱[2]者久矣。邑宰李清，请而修之，以摅众君子之意。役不烦费，财有羡余，人莫之知，而斯美具也。

清，皇家子，名公之胤[3]；忠肃明懿，以将其身；清简仁惠，以成其政。弦歌二岁，而流庸复者[4]六百余室，废田垦者三百顷。浮客臻凑[5]，迨乎二千；种桑畜养，盈于数万。官路有刻石之堠[6]，吏厨有餐钱之资。敦本经久，率皆如是，略举数者，其余可知矣。岂必夜鱼春跃，而后见称哉？於戏！以清之地高且才，而励精于政事，何患云霄之不致乎？清之筮仕[7]也，两参隽乂[8]之列，再移仙尉之任，毗赞于蜀邑，子男于吴兴，多为廉使盛府之所辟荐。则知学诗之训，间缉之心，施之于政，不得不然也。县称紧旧矣，今诏升为望，清当受代，而邑人已轸去思之悲，白府愿留者屡矣。

真卿重违耆老之请，启于十连，优诏以旌清之美也。某不佞，忝当分忧共理之寄。人安俗阜，固有所归，虽无鲁臣掣肘[9]之患，岂尽言子用刀[10]之术？由此论之，则水亭之功，乃余力也。夫知邑莫若州，知宰莫若守，知而不言，无乃过乎？今此记述，以备其事。惧不宣美，岂徒愧词而已哉？

大历一纪[11]之首夏也。

注释

[1]睽罛(kuí gū):高峻深邃貌。
[2]愤愤悱悱:谓心有所感而没有表达的机会。
[3]胤(yìn):后代。
[4]流庸复者:流亡在外而回到故里的人。
[5]浮客臻凑:外地纷纷前来谋生的人。
[6]堠:古代记里数的土堆。
[7]筮仕:初出做官。
[8]隽乂:才德超卓的人。隽,通“俊”。
[9]鲁臣掣肘:比喻为难、牵制。典出《吕氏春秋·审应览·具备》。
[10]言子用刀:比喻处理小事,无须大才。语出《论语·阳货》。
[11]大历一纪:指公元777年。一纪是十二年,即大历十二年。

赏析

西亭是唐代湖州最著名的景点之一。本文以湖州乌程县西亭为对象,先生动地描绘了西亭周围的美景,“缭以远峰,浮于清流”。西亭自身建筑宏伟高大。在外看,通畅豁达;从里看,高峻深邃。随后记述了“邑宰”李清向上请示修缮并成功完成修缮西亭的事。同时,文章也对李清的情况做了介绍。李清是皇家子弟,为官清廉,尽忠职守。通读该文,我们会发现此文是为记录李清在乌程重修西亭所撰的,同时也表彰了他的政绩。

(王艺燃　罗洪林)

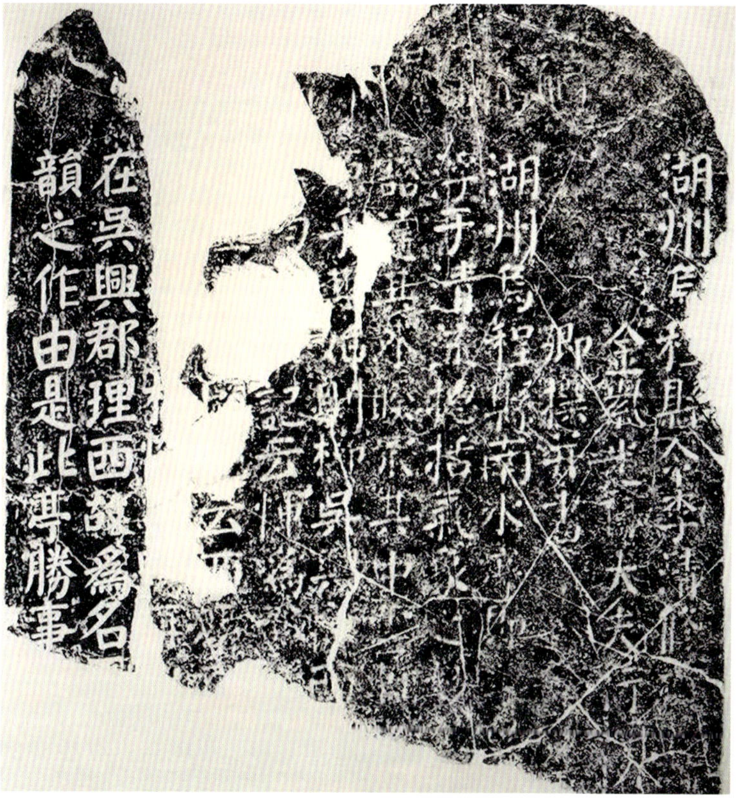

颜真卿《梁吴兴太守柳恽西亭记》残碑拓片

杼山妙喜寺碑铭

〔唐〕颜真卿

题记

文章选自《颜鲁公集》卷四。唐大历九年（774）春三月，为庆贺《韵海镜源》编成，时任湖州刺史的颜真卿撰写碑铭并刊于石。除讲述编写《韵海镜源》的缘由以及过程外，碑铭中还记载了杼山的方位、高度和山名由来，同时也记载了妙喜寺所处的位置及其周围黄浦、何楷钓台、避它城等古迹。

州西南，杼山之阳，有妙喜寺者，梁武帝之所置也。大同七年夏五月，帝御寿光阁，会所司奏请置额。帝以东方有妙喜佛国，因以名之。旧置在州西金斗山，唐太宗文皇帝升极之六年春二月，移于此山。山高三百尺，周回一千二百步。盖昔夏杼南巡之所，今山有夏王村，山西北有夏驾山，皆后杼所幸之地也。晋吴兴太守张玄之[1]《吴兴疏》云“乌程有墟，名东张，地形高爽，山阜四周”，即此山也。其山胜绝，游者忘归，前代亦名稽留山。

寺前二十步，跨涧有黄浦桥，桥南五十步，又有黄浦亭，并宋鲍照送盛侍郎及庾中郎[2]赋诗之所。其水自杼山西南五里黄蘖山出，故号黄浦，俗亦名黄蘖涧，即梁光禄卿江淹赋诗之所。寺东偏有招隐院，其前堂西厦谓之温阁。从草堂东南屈曲，有悬岩，径行百步，至吴兴太守何楷钓台，西北五十步，至避它城。按《说文》云："它，蛇也。"上古患蛇，而相问，得无它乎？盖往古之人筑城以避它也。有处士竟陵子陆羽《杼山记》所载如此。其台殿廊庑，建立年代，并具于记中。

大历七年，真卿蒙刺是邦。时浙江西观察判官殿中侍御史袁君高巡部至州，会于此山。真卿遂立亭于东南。陆处士以癸丑岁冬十月癸卯朔二十一日癸亥建，因名之曰三癸亭。西北于丛桂之间创桂棚，左右数百步，有芳林茂树，悉产丹、青、紫三桂，而华叶各异。树桂之有支径，以袁君步焉，因呼为御史径。

真卿自典校时，即考五代祖隋外史府君与法言所定切韵，引《说文》《苍》《雅》诸字书，穷其训解，次以经史子集中两字已上成句者，广而编之，故曰"韵海"，以其镜照原本，无所不见，故曰"镜源"。

天宝末，真卿出守平原，已与郡人渤海封绍高贲、族弟今太子通事舍人浑等修之，裁成二百卷，属安禄山作乱，止其四分之一。及刺抚州，州人左辅元、姜如璧等增而广之，成五百卷。事物婴扰，未遑刊削。大历壬子岁，真卿叨刺于湖，公务之隙，乃与金陵沙门法海，前殿中侍御史李萼，陆羽，国子助教，州人褚冲，评事汤某，清河丞太祝柳察，长城丞潘述，县尉裴循，常熟主簿萧存，嘉兴尉陆士修，后进杨遂初、崔弘、杨德元、胡仲南、阳汤涉、颜祭、韦介、左兴宗、颜策，以季夏于州学及放生池日相讨论。至冬，徙于兹山东偏，来年春，遂终其事。前是颜浑、正字殷佐明，魏县尉刘茂，栝州录事参军卢锷，江宁丞韦宁，寿州仓曹朱弁，后进周愿、颜暄、沈殷、李莆亦尝同修。未毕，各以事去。而起居郎裴郁，秘书郎蒋志，评事吕渭、魏理、沈益、刘全白、沈仲昌，摄御史陆向、沈祖山、周阆，司议邱悌，临川令沈咸，右卫兵曹张著，兄蓦，弟荐、芳，校书郎权器兴，平丞韦柏尼，后进房夔、崔密、崔万、窦叔蒙、裴继，侄男超岘，愚子頔顾往来登历。

时杼山大德僧皎然，工于文什，惠达灵晔，昭于禅诵，相与言曰：昔庐山东林，谢客有遗民之会；襄阳南岘，羊公流润甫之词。况乎兹山深邃，群士响集，若无纪述，何以示将来？”乃左顾以求蒙，俾记词而藏事。铭曰：

夏后[3]南巡，山名是因。梁王东揆，寺榜攸询。形胜天绝，规模鼎新。避它城古，垂钓台堙[4]。棚以桂结，浦由黄申。二庚迢递，三癸嶙峋。径列御史，传纡逸人。纷吾著书，群彦惠臻。《韵海镜源》，自秋徂[5]春。编同贯鱼，学比成麟。幸讬胜引，亟倍僧珍。庶斯见传，金石不泯。

注释

[1]张玄之：一作张玄。晋司空顾和外孙，曾任吴兴太守。
[2]庚中郎：庚信。
[3]夏后：传说中的大禹。
[4]堙：堆成的土山。
[5]徂：开始。

赏析

本文先叙述了妙喜寺所在的位置，即在“州西南，杼山之阳”，并讲述从梁代梁武帝建寺到唐代以来妙喜寺的历史。而和妙喜寺相比，妙喜寺所在的杼山有着更悠久的历史。除妙喜寺之外，杼山还有黄浦桥和黄浦亭，南北朝时的诗人鲍照曾在这里送别庾信，并有诗传世。妙喜寺东边有一座招隐院，院里的前堂西厦即是温阁，草堂东南方，有一座悬岩，从悬岩旁的小路走过一百来步，就到了当年吴兴太守何楷的钓台，从这座钓台再往西北走五十步，就到了避它城。

讲完了杼山和喜妙寺的历史以及周围的古迹，铭文就转到对颜真卿来到湖州任官后立三癸亭、编《韵海镜源》的记述上来。从文章看，参与《韵海镜源》编修的人大多是当时知名的文人学者。

文章为我们了解唐代湖州宗教文化和山川美景提供了文献资料。

（苏　雅）

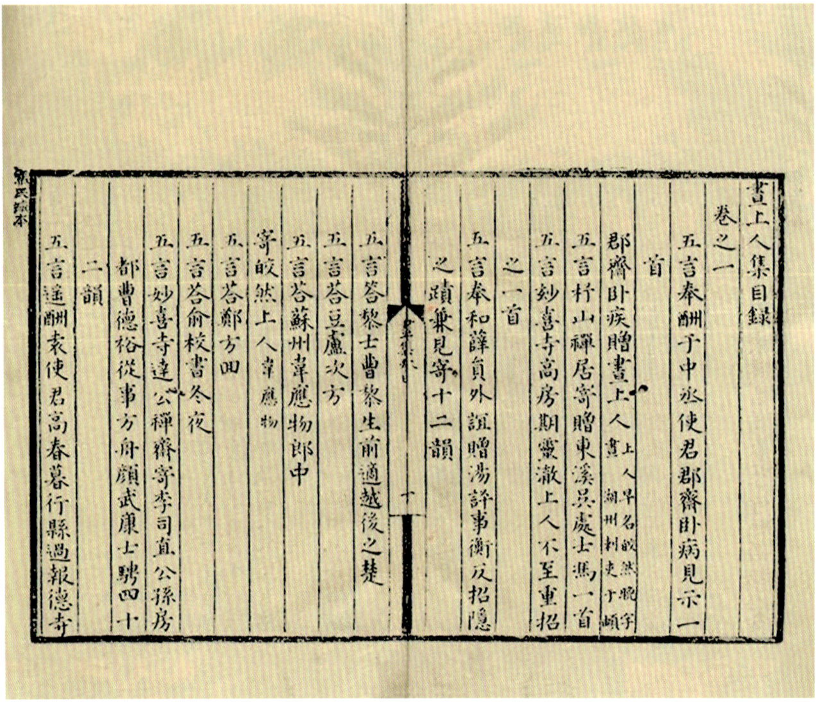

晝上人集目録

卷之一

五言奉酬于中丞使君郡齋卧病見示一

首

郡齋卧疾贈晝上人（上人早名皎然字晝湖州刺史于頔）

五言杼山禪居寄贈東溪吳處士馮一首

五言妙喜寺高房期靈澈上人不至重招

之一首

五言奉和薛員外誼贈湯評事衡反招隱

之蹟兼見寄十二韻

五言荅黎士曹黎生前適越後之楚

五言荅豆盧次方

五言荅蘇州韋應物郎中

寄皎然上人（韋應物）

五言荅鄭方回

五言荅俞校書冬夜

五言妙喜寺達公禪齋寄李司直公孫房

都曹德裕從事方舟顏武康士騁四十

二韻

五言逢酬袁使君高春暮行縣過報德寺

天一阁藏皎然《昼上人集》书影

白𬞟亭记

〔唐〕李直方

李直方，李唐皇室宗室。德宗贞元元年（785）登制科，贞元十一年（795）官监察御史。历左司员外郎，出为韶州刺史。顺宗永贞中，移赣州刺史。宪宗元和四年（809），为司勋郎中，迁中书舍人。历大理、太常少卿。

题记　本文选自雍正《浙江通志》卷二百六十。白𬞟洲，因梁吴兴太守柳恽有诗“汀洲采白𬞟”而得名。𬞟一般认为即四叶草，生长在水陆相交的软泥上，夏秋季节开白花，所以又叫白𬞟。白𬞟亭为唐代李锜所建。本文就是为白𬞟亭而作。

新作白𬞟亭，书时且志政也。梁太守柳恽赋诗于始，因以名洲。今邦伯李公成室于终兹，用目亭，度乎事，则位均。考乎地，则境同合美，配德古今，相望亭之时，义至矣。

吴江之南，震泽之阴，曰湖州。幅员千里，棋布九邑，卞山屈盘而为之镇，五溪丛流以道其气。其土沃，其候清，其人寿，其风信。实公之始至也。用公宽明，恕以怀之，敬事赏罚，以劝之赋，令之先，必度其物，宜而咨于前训，故居者、逸亡者，旋或蹈境而留，或聆声而迁。提封[1]之内无榛灌，绳墨之下无奸傲。既而外邑多材，郡不能渫[2]，公命悬诸善价，俾代常徭。于是乎，幽岩之巨木斯出，积岁之逋租必入，公家受其利，山氓蒙其惠，由是白蘋之制经矣。

洲在郡城南东，乱霅溪而即焉。白沙如浮，流波环之，前有大野绵云，缭以万峰。后有名都压水，骈以千室邑居，可望而喧埃不及，空水交映而云天在下。造物之工，若有私于是焉。茭菰丛生，凫鹤朋游，嘉名虽曜，清境或弃。公于是相显爽之宜，立卑高之程，据洲之阳，揆日之正，揭大亭一焉。修荫双注，北距于霅，浮轩中流，峨小亭二焉。大可以施筵席，小可以容宴豆，凡栋宇之法，轮奂之美，铦刮密石，用成翚[3]飞。施宏壮而有度，备彤紫而不逾，内则庭除朗洁，弥望铺雪，曲沼逶迤以中贯，飞梁夭矫而对起。紫桂翠篁，辛夷木兰，碧枚丹实，蛇走珠缀，鲜飙暗起，萦叶振蕊，落英飘飖，洒空浮水。天目神池之上，多不名之卉；洞庭水府之下，产怪状之石。嶙峋乎玉容，葳蕤[4]乎瑶芳，众荣偶植，罗列布濩[5]。外则差砌，宜以白蘋，间之红蓼，川与天远，百里如组，邦君之来，肃肃旆旌，彩舟徐移，鱼跃鸟鸣。

亭成之日，三吴之贤大夫集焉。公用鼓钟羽籥以落之，然后使臣之临、重客之来，获游是者，恍乎有遗区之叹。则为邦之成绩，作亭之良规，参合二美，游扬四海，坐驰而逝与。厩置[6]偕矧，蘋之为用，风有季女之奠，骚有放臣之望。夫以涧溪之贱微，而可充王公之殷荐，是故君子重之，今扶赞胜赏也，如彼哲贤咏歌也。如此则是亭凭眺之外，又有传经之道焉。若乃乘农隙之暇时，购武夫之羡功，廛闾[7]不烦，财用不屈。扬昔人之休烈，垂不朽之遐观，咨其创物之智有以加人。不如是，乌能及此。

己卯岁冬十月，予将浮浙河，上会稽，凌缙云，观赤城，道出公之仁宇，目览亭之崇备，举书其实，合《春秋》传信之经，后之人无视十洲孟浪之说而没其谊云。

注释

[1]提封：犹版图，疆域。
[2]渫（xiè）：疏通。
[3]翚（huī）：飞翔。
[4]葳蕤（wēi ruí）：草木茂盛，枝叶下垂的样子。
[5]布濩：遍布，布散。
[6]厩置：驿站。
[7]廛闾（chán lǘ）：平民百姓。

赏析

本文先叙述了白蘋洲得名的由来，即“梁太守柳恽赋诗于始，因以名洲”。然后极力铺陈其美景如画。文章的重点是写李刺史建造白蘋亭时建筑手法的高超。该亭外观的壮丽和内部装饰的华美，使得“使臣之临、重客之来，获游是者，怳乎有遗区之叹”。

白蘋洲是后世文人不断吟咏的对象，也是中国文学史上非常重要的一个文学意象，更是湖州文化旅游考古史上的一块瑰宝。

（钟　诚　蒋欣雨）

湖州老城区的雪溪美景

徐泰

许氏吴兴溪亭记

〔唐〕权德舆

权德舆(759—818),字载之,天水略阳(今甘肃省秦安县)人。唐朝宰相、文学家,前秦名臣权翼的后代,起居舍人权皋的儿子。少有才气,以文章驰名,曾受地方节度使杜佑、裴胄的征辟。得到唐德宗提拔,历任太常博士、左补阙兼知制诰、中书舍人,迁礼部侍郎,负责贡举。唐宪宗时,累迁礼部尚书、同中书门下平章事(宰相)。权德舆知制诰九年,三知贡举,位历卿相,在贞元、元和年间名重一时。

题记

文章选自《浙江通志》卷二百六十。溪亭位于吴兴县的东部。文章赞扬了溪亭的样式和周边的美丽环境,表达了对建亭之人许氏松弛有度的生活态度的赞赏之情,也表达了作者对只顾追逐名利之人的贬斥。

溪亭者何?在吴兴东部。主人许氏所由作也。亭制约而雅,溪流安以清,是二者相为用,而主人尽有之,其智可知也。夸目奢心者,或大其闬闳,文其节棁,俭士耻之;绝世离俗者,或梯构岩巘[1],纫结萝薜[2],世教鄙之。曷若此亭与人寰不相远而胜境自至。青苍在目,潺湲激砌,晴烟映岚,明晦万状,鸥飞鱼游,不惊不喁[3],时时归云,来冒茆洞,许氏方岸鹖冠,支筇竹，目送溪鸟，口吟“招隐”，则神机自生，利欲自薄，百骸六藏之内，累无自而入焉。有田二顷，传于庭下，镃基之功，出于僮指。每露蝉一声，秋稼成实，倚杖眺远，不觉日暮。岁食之羡，则以给樽中，方其引满陶然。心与境冥，则是非得丧相与奔北之不暇，又何可汩于胸中。

噫夫，举世徇物以失性而不能自适，且缪戾于动静之理，君之动也。代耕筮仕，必于山水之乡，故尉义兴，赞武康，皆有嘉闻而无秕政，其静也。则偃曝于斯亭，循分食力，不矫不躁，庸讵知今日善闭，不为异时之大来[4]耶。予知之深，故因斯亭以广其词云。

注释

[1]巘(yǎn)：大山上的小山。
[2]萝薜：指女萝和薜荔。
[3]喁：鱼口向上，露出水面。
[4]大来：指吉祥亨通。

赏析

本文先交代了溪亭是什么、位于哪里、由谁建造等问题，又肯定了溪亭的创造者许氏的聪明才智。作者通过描写溪亭周边的美丽环境，展现了大自然和谐美好的景象：满目青翠，山泉潺潺，气象万千。鸥鸟在天空飞翔，鱼虾在河水中游弋，自在悠然。云彩也不时飘来，擦着屋脊飞过。在这样美丽宁静的大自然中，许氏徜徉其间，享受着生活中的一切美好。

文章寓情感、议论于写景之中，别具匠心。

（郑梓鑫）

白蘋洲五亭记

〔唐〕白居易

白居易（772—846），字乐天，号香山居士，祖籍山西太原，生于河南新郑。贞元十六年（800）进士，元和年间任左拾遗及、左赞善大夫。与元稹共同倡导新乐府运动，其诗歌题材广泛，形式多样，语言平易通俗。有《白氏长庆集》传世，代表诗作有《长恨歌》《卖炭翁》《琵琶行》等。

题记

本文选自《白香山诗集》卷三十五。《白蘋洲五亭记》是白居易应湖州刺史杨汉公之请所写（白居易与杨汉公有亲戚关系）。杨汉公当时任湖州刺史，在湖州筑五亭，亭筑成后，请白居易为之记。

湖州城东南二百步，抵雪溪，连汀洲，一名白蘋，梁吴兴守柳恽于此赋诗云“汀洲采白蘋”，因以为名也。前不知几千万年，后又数百载，有名无亭，鞠[1]为荒泽。至大历十一年，颜鲁公真卿为刺史，始剪榛导流，作八角亭以游息焉。旋属灾潦荐[2]至，沼堙台圮。后又数十载，萎芜隙地。

至开成三年，弘农杨君为刺史，乃疏四渠，浚二池，树三园，构五亭，卉木荷竹，舟桥廊室，洎[3]游宴息宿之具，靡不备焉。观其架大溪，跨长汀者，谓之白蘋亭；介二园、阅百卉者，谓之集芳亭；面广池、目列岫[4]者，谓之山光亭；玩晨曦者，谓之朝霞亭；狎清涟者，谓之碧波亭。五亭间开，万象迭入，向背俯仰，胜无遁形。每至汀风春，溪月秋，花繁鸟啼之旦，莲开水香之夕，宾友集，歌吹作，舟棹徐动，觞咏半酣，飘然恍然。游者相顾，咸曰："此不知方外也，人间也；又不知蓬瀛昆阆，复何如哉。"

时予守官在洛阳，杨君缄书赍[5]图，请予为记。予按图握笔，心存目想，覼缕[6]梗概，十不得其二三。大凡地有胜境，得人而后发，人有心匠，得物而后开，境心相遇，固有时邪？盖是境也，实柳守滥觞之，颜公椎轮[7]之，杨君绘素[8]之：三贤始终，能事毕矣。杨君前牧舒，舒人治，今牧湖，湖人康。康之由，革弊兴利，若改茶法、变税书之类是也。利兴，故府有羡财，政成，故居多暇日。是以余力济高情，成胜概，三者旋相为用，岂偶然哉。昔谢柳为郡，乐山水，多高情，不闻善政。龚黄[9]为郡，忧黎庶，有善政，不闻胜概。兼而有者，其吾友杨君乎。君名汉公，字用乂。恐年祀久远，来者不知，故名而字之。

时开成四年十月十五日记。

注释

[1]鞠：皆。
[2]荐：接连，连续。
[3]洎：到，及。
[4]岫（xiù）：山。
[5]赍（jī）：携带。
[6]覼（luó）缕：详细陈述。
[7]椎轮：比喻事物草创而未臻完美。
[8]绘素：在白色底子上绘画。此处应是指白居易认为杨汉公在前二人的基础上把白蘋洲建设完美了。
[9]龚黄：汉代循吏龚遂与黄霸的并称。

赏析

本文先叙述白蘋洲的地理位置和历史，然后叙述杨汉公为湖州刺史时，在白蘋洲这个地方“疏四渠，浚二池，树三园，构五亭，卉木荷竹，舟桥廊室，洎游宴息宿之具，靡不备焉”，使这个地方从此成为风景秀美之处。

文章对杨汉公的政绩进行了叙述，赞扬了他的治理功绩。又将以前的湖州主要官员与杨汉公进行了对比，突出了杨汉公有“善政”又“闻胜概”的情况。

（曹韩悦）

题湖州西余山宁化寺弄云亭记

〔宋〕胡宿

胡宿（995—1064），字武平，常州晋陵县（今江苏省常州市）人。宋仁宗天圣二年（1024）考中进士，起家扬子县尉，历任宣州通判、湖州知州、两浙转运使、修起居注、知制诰、翰林学士，累迁枢密副使，以居安思危、宽厚待人、正直立朝著称。有《文恭集》。

题记

文章选自《文恭集》卷三十五。胡宿在湖州担任知州期间，曾经游览湖州西余山，并写下此文。西余山就是西山，现位于吴兴区人民政府西侧。南宋人倪思著作《经鉏堂杂志》中有《记霅川游赏去处》一节，其中明确指出城外的游赏去处有西余山。此山下之漾原叫西余山漾，也称西余漾，现名西山漾。西山漾风景区现为吴兴区旅游胜地。

西余山，东出吴兴城十八里。初，二山介溪两傍，俱名曰“余”。土人以东、西别其称，而西余特著，单见于地志焉。支水北引，注于山下。有废寺十余栋，律徒不宁其宇。景祐中，沙门宝实聿来尸之[1]，崇治僧坊，安集禅侣。

庆历壬午，予假守在霅。客有诧兹山之胜者，始欲一往。仲冬，乘雪初霁，晏温[2]少寒，因与治中诸僚洎一二禅老，刺舟而造焉。履莓苔，扪萝茑[3]，凡三休，甫达于上方。荫长松，坐盘石，踌躇四顾，有翛然遐举之想。然犹恨登览之差晦，攀跻之良劳，有亟其还，未尽所适。

他日再往，则天风自戢[4]，水波沸扬。向之荆榛，翦而为径途；昔之土石，累而为磴道[5]。安行百级，遂至于高顶。复又瞰山西面，结宇十楹，通清遐闲旷之观。坐已，实师前请曰："山去湖十许里。陵谷何常之有，庸讵[6]知千百年后，此山不在湖之中耶？盍与之名，且志其事，以遗来者，使知创寺之始。"因以"弄云"名其亭。

亭之妙处，予能言之。卞山当其西，如苍龙蟠据，势欲奋挺；太湖在其北，若元气磅礴，浩无津涯。洞庭、林屋、绿毛、缥缈，诸峰了了在目。远帆参差，飞鸟凌乱，溪云往还，野艇出入，百色映见，如在鉴中，此北眺之胜最也。

夫真妄在心，喧静依观。上智之用，不泥于物，中人之习，乃牵于境。吾知夫暂登兹山、憩兹亭，可以无喧无妄，惟真惟静。境与心俱冥，神与气俱生。又况长栖岩阿而玩永年者，其真粹之乐可涯也哉？庆历癸未三月十八日记。

注释

[1]尸之：承担这个任务。
[2]晏温：天气晴暖。
[3]萝茑：女萝和茑。两种蔓生植物。常缘树而生。
[4]戢：止，停止。
[5]磴道：登山的石径。
[6]庸讵：反问的话。犹“岂”“何”。

赏析

作者先介绍了东、西余山的地理方位和自己寻访西余山的原因，又介绍西余山的来历。当时，作者来到太湖南岸湖州做地方官，有人惊讶于西余山的美景，想要上山，于是作者一起前往。在描写了上山的过程和周边的环境后，作者描写在弄云亭“北眺”看到的景色，即“卞山当其西，如苍龙蟠据，势欲奋挺；太湖在其北，若元气磅礴，浩无津涯。洞庭、林屋、绿毛、缥缈，诸峰了了在目。远帆参差，飞鸟凌乱，溪云往还，野艇出入，百色映见，如在鉴中”。

文章最后揭示了世间的真与假、闹与静都取决于自己的内心，说明真正有大智慧的人是不会为环境所影响的道理。

文章叙议结合，既记录了登西余山所见之景，又抒发了自己“上智之用，不泥于物”的情怀。

（樊　骁　杜思婷）

今日西山漾（左侧即西山，古称西余山）

墨妙亭记

〔宋〕苏 轼

苏轼（1037—1101），字子瞻，一字和仲，号铁冠道人、东坡居士，眉州眉山（今四川省眉山市）人。嘉祐二年（1057）进士及第。宋神宗时在杭州、密州、徐州、湖州等地任职。元丰三年（1080），因“乌台诗案”被贬为黄州团练副使。宋哲宗即位后任翰林学士、礼部尚书等职。晚年因新党执政被贬惠州、儋州。宋徽宗时获大赦北还，途中病逝于常州。

苏轼是北宋中期文坛领袖，在诗、词、散文、书、画等方面都取得很高成就。

题记

本文选自明代唐顺之《文编》卷五十六。文章起始紧扣作亭之缘起，而后宕开笔墨写孙莘老泽惠百姓的政绩，后归入正题，发挥议论，推衍出“知命者，必尽人事，然后理足而无憾”的道理，进而言及养生与治国之道。立意高远，富于哲理。

熙宁四年十一月，高邮孙莘老[1]自广德移守吴兴[2]。其明年二月，作墨妙亭于府第之北、逍遥堂之东，取凡境内自汉以来古文遗刻[3]以实之。

吴兴自东晋为善地，号为山水清远。其民足于鱼稻蒲[4]莲之利，寡求而不争。宾客非特有事于其地者不至焉。故凡守郡者，率以风流啸咏、投壶[5]饮酒为事。自莘老之至，而岁适大水，上田皆不登[6]，湖人大饥，将相率亡去。莘老大振廪劝分[7]，躬自抚循[8]劳来[9]，出于至诚。富有余者，皆争出谷以佐官，所活至不可胜计。当是时，朝廷方更化立法，使者旁午[10]，以为莘老当日夜治文书，赴期会[11]，不能复雍容自得如故事。而莘老益喜宾客，赋诗饮酒为乐，又以其余暇，网罗遗逸[12]，得前人赋咏数百篇，为《吴兴新集》，其刻画尚存而僵仆断缺于荒陂野草之间者[13]，又皆集于此亭。是岁十二月，余以事至湖[14]，周览叹息，而莘老求文为记。

或以谓余凡有物必归于尽，而恃形以为固者，尤不可长。虽金石之坚，俄而变坏。至于功名文章，其传世垂后，犹为差久。今乃以此托于彼，是久存者反求助于速坏。此即昔人之惑，而莘老又将深檐大屋以锢留之。推是意也，其无乃几于不知命也夫？余以为知命者，必尽人事，然后理足而无憾。物之有成必有坏，譬如人之有生必有死，而国之有兴必有亡也。虽知其然，而君子之养身也，凡可以久生而缓死者无不用；其治国也，凡可以存存而救亡者无不为，至于不可奈何而后已。此之谓知命。是亭之作，否无足争者，而其理则不可不辨。故具载其说，而列其名物于左云。

注释

[1]孙莘老：苏轼之友孙觉，莘老乃其字，高邮人。
[2]移守吴兴：调任为湖州太守。
[3]遗刻：遗留后世的碑刻。
[4]蒲：水生植物名，其叶可编织席包，嫩芽可食。
[5]投壶：古代宴会时的游戏。设特制之壶，宾主以次将箭投入壶口，中多者为胜，负者饮。
[6]不登：歉收。
[7]劝分：劝说人们互相救济。
[8]抚循：安抚，抚慰。
[9]劳来：劝勉，慰劳。
[10]旁午：交错，纷繁。
[11]赴期会：到处奔走，推行各项政令。期会：泛指政令的施行。
[12]遗逸：同"遗佚"，遗失，指佚文、佚诗。
[13]其刻画尚存而僵仆断缺于荒陂野草之间者：指已经被折断遗弃在荒田野草中的石碑。
[14]余以事至湖：苏轼通判杭州时，曾于此年被派往湖州检查堤岸利害。

赏析

文章分三段。第一段记孙莘老建墨妙亭的时间、地点和用意。第二段记述孙莘老在湖政绩与搜罗碑刻之勤，点出"其刻画尚存而僵仆断缺于荒陂野草之间者，又皆集于此亭"的事实。第三段则是议论。

"物必归于尽"是全文主旨。有形的事物都要消亡，即使是石碑也会毁坏，而功名文章可以流传后世。但要把文章刻在石碑上，想使其长久流传，却会适得其反。作者认为莘老的做法是"不知命"，不懂自然规律。文章阐明"物必归于尽"的论点，论述了成败、生死、兴亡的辩证关系。

（赵蓉秀）

重建于飞英公园内的墨妙亭

石林山堂记

〔宋〕叶梦得

叶梦得（1077—1148），字少蕴，绍圣四年（1097）登进士第，官至翰林学士、户部尚书、江东安抚制置大使等。晚年隐居湖州弁山，号石林居士，所著诗文多以石林为名，如《石林燕语》《石林词》《石林诗话》等。

题记

本文选自明代《吴兴艺文补》卷三十九。文章写于隐居湖州弁山时期，以隐居生活为题材有感而发，通过写名士王安石、苏轼、李翱等的有关情况，隐晦地感怀了想成为圣人却报国无门只好隐居空老山林的苦恼，表达了淡然处世的人生态度，以及对山林闲适生活的喜爱。

李翱[1]习之论山居，以怪石、奇峰、走泉、深潭、老木、嘉草、新花视远七者为胜。今吾山所乏者，独深潭、老木耳。深潭不可无，松亦不多得。五方地土风气各不同，古之立社，各以其所宜。木非所宜，虽日培之，不植。许、洛地相接，嵩山至多松，而许更无有。王幼安治第，遣人取松栽百余本种之，仅能活一株，才三尺余，视之如婴儿也。乃独宜柏，有伐以为椽者。睢阳近亳，有桧而见推重，州宅堂前有两株樛枝者，约高二丈余，百年物也。至杉，则三州皆无之。木之佳者无如是四种，而余仕四方，未尝兼得。今此山乃无不宜，种之得法，十年间便可合半抱，惟柏长差比迟尔。今环余左右者略有数千株，常目松磊落昂藏[2]似孔北海[3]，桧深密纡盘似管幼安[4]，杉丰腴秀泽似谢安石[5]，柏奇峻坚瘦似李元礼[6]。吾闲居久，宾客益少，何幸日得与四君子游耶！范文正公[7]尝谓："吾木会有时而老，但吾不及见也。"然习之记虎丘池水不流，天竺石桥下无水，麓山力不副天奇[8]，灵鹫拥前山不可远视，峡山少平地，泉出山无所潭，此五所者极天下之奇观，犹不能备，况吾居独得其七之五哉！

人心终不能无累，余虽忘此，而每见潭水澄澈，高木郁然，未尝不有慕。圆证寺大松合抱三十余株，夹道蔽日，犹国初时故物。石桥合诸涧水道朱氏怡云阁之前，其深处水面阔四五丈，张文规[9]所谓金碧潭者也。其下流注朱氏子嵩之圃，喷薄激射，交流左右，去吾庐不满三里，自可为吾之别馆。但寺僧不好事，比岁松有伐而薪者，当嘱使善护持之[10]。朱氏子约今年田熟，作草堂三间泉上，暇日时往来，则习之所不足者吾可以兼得矣。

注释

[1]李翱(772—841):字习之,唐代学者。
[2]昂藏:形容人精神饱满有气概的样子。
[3]孔北海:孔融(153—208),字文举,汉末名士。
[4]管幼安:管宁,字幼安,汉末名士。
[5]谢安石:谢安。
[6]李元礼:李膺,东汉名士。
[7]范文正公:指范仲淹。
[8]力不副天奇:不能与大自然的神奇造化相称。
[9]张文规:唐河东人,曾任湖州刺史。
[10]当嘱使善护持之:应当派人好好保护这些树。

赏析

文章以李翱的山居理论引出自己对闲居之地弁山的感想。全文既写了新居的建成,又记录了回归田园生活后的情况,还描写了居所周围环境。作者对于外物的观念,全从自己的价值判断而起,因此目睹苍天古树,想到的是孔融、管宁、谢安、李膺等天下名士,豁达而有气度。

(叶　童　袁琳丹　倪嘉媛　戴幸好)

今日之弁山美景

何氏书堂记

〔宋〕汪藻

汪藻（1079—1154），字彦章，号浮溪，又号龙溪，饶州德兴（今属江西）人。汪谷之子。先世籍贯婺源，后移居饶州德兴。汪藻早年曾向徐俯学诗，中年以后又拜韩驹为师。他的诗不沾江西诗派习气而近似苏轼，多触及时事，寄兴深远。他还擅长写四六文，南渡初诏令制诰均由他撰写。汪藻之文洞达激发，多为时人所传诵。

题记　　文章选自《浮溪集》卷十八。南宋绍兴时，汪藻在湖州当知州。何氏读书堂相传是何楷隐居金盖山之西北时所筑的读书堂，后来何楷做了太守，金盖山也改叫了何山。汪藻此文，即为何氏读书堂所作。

吴兴环城皆水，独西南冈岭相属十余里，而得浮图氏[1]之居二焉。东曰道场，西曰何山。何山立于宋元嘉中，道场近出于唐末五季之初。然道场踵相蹑得人，法席雄盛，钟鱼殷殷，声闻东南。何山败屋数椽，残僧数辈，望之萧然，游者弗顾也。虽其兴先道场五百余年，而衰陋反出其下远甚。

绍兴初，余守吴兴，得二禅老，曰慧林，曰居慧。使分居二山，慧居何山数年，剪薙榛芜，易其圮腐而一新之，于是游道场者如入王侯之家。其隆楼杰阁，足以吞光景而纳江湖。已而过何山，则草树葱茏，轩窗窈窕，经行之地，皆雅洁幽深，如造幽人隐士之庐。至者忘归，不知雄盛移而为清胜也。寺有何氏书堂，图记相承，以何氏为晋何楷。楷尝读书此山，后为吴兴太守，以其居为寺而名其山。颜鲁公[2]书《杼山碑》[3]亦曰寺西南有何楷钓台。则楷尝居此山无疑。然楷之姓名于《晋史》无所见，惟《宋书》言“何子平[4]曾祖楷为晋侍中”而已。唐林宝[5]《姓纂》[6]亦云：“何睿渡江，生楷，为晋侍中。”《晋书》称：“睿有子五人，独充[7]、准[8]有传而不及其余。”又《括地志》谓：“楷为吴兴太守。”《宋书》乃以楷为“晋侍中”，岂沈约见《晋书》，充尝除侍中，因误谓充为楷？抑为吴兴太守，后亦至侍中耶？皆不得而知也。

以余考之，寺有《宋禅幽寺碑》云：“元嘉十四年，创立精舍于金盖山。”初不言楷时有寺，且何山之名于梁吴均[9]诗始见之。疑楷尝学于此山，其名迹在人，后人慕之，即其处为精舍耳。谓楷以其居为寺者，非也。禅幽寺碑至唐会昌时已断裂无几。有张道规者，以为式道人[10]书识而龛之。今碑亦不复见。

呜呼！晋之士大夫可谓求志而得其志矣。其退也，处山林而以读书为乐；其出也，居城府而以治民为事。或出或处，不过乎数十里之间。其人物风流，可以想见也。楷距今几千年，此寺之废兴屡矣。世以为可久者，莫如金石之传。既金石磬灭，而此山之名独存。则谓人物风流，非士大夫所先，而虚名无益于后世者，非陋欤？余老矣，方买田若溪之上。则此山将皆为吾杖履所有，其可不留语山中为吴兴故事乎？乃订其本末而并书之。

绍兴十年十月记。

注释

[1]浮图氏：这里指佛教。
[2]颜鲁公：指颜真卿。颜真卿曾因功被封为鲁郡公。
[3]《杼山碑》：指杼山妙喜寺碑铭。
[4]何子平：南朝名士。
[5]林宝：唐朝以擅长姓氏之学知名的学者。
[6]《姓纂》：《元和姓纂》，中国唐代谱牒姓氏之学的专著。唐宪宗时宰相李吉甫命林宝修撰。
[7]充：何充，字次道，东晋重臣。
[8]准：何准，字幼道，何充五弟。
[9]吴均：字叔庠，吴兴故鄣（今浙江省安吉县）人，南朝梁文学家、史学家。
[10]式道人：又作识道人，南朝书法家。

赏析

本文从吴兴的山水环境写起：在吴兴中心城区西南的众山之中，有一座何山，那里草木葱茏，清净幽深。据说山名得自晋代的何楷。作者在文章中还引述了颜真卿在《杼山妙喜寺碑铭》中关于“何楷钓台”的说法。然而，作者又“疑楷尝学于此山，其名迹在人”；同时他认为晋代士大夫“求志而得其志”是一件值得羡慕的事，正所谓：“其退也，处山林而以读书为乐；其出也，居城府而以治民为事。或出或处，不过乎数十里之间。其人物风流，可以想见也。”最后，作者还发出了“世以为可久者，莫如金石之传。既金石磬灭，而此山之名独存”的感慨，对何山因何楷而名，何楷之名使何山久传表示了肯定。

（王　燕　孟　艺　王玮玮）

金盖晓雾

湖州石林记

〔宋〕范成大

范成大（1126—1193），字至能，一字幼元，早年自号此山居士，晚号石湖居士。平江府吴县（今江苏省苏州市）人，绍兴二十四年（1154）登进士第，累官礼部员外郎兼崇政殿说书、参知政事，死后谥号“文穆”，后世遂称其为“范文穆”。范成大素有文名，尤工于诗。他从江西派入手，后学习中、晚唐诗，继承白居易、王建、张籍等诗人新乐府的现实主义精神，终于自成一家。其诗风格平易浅显，题材广泛，以反映农村社会生活内容的作品成就最高，与杨万里、陆游、尤袤合称南宋“中兴四大诗人”。

题记

文章选自明代《文章辨体汇选》卷五百七十二。范成大到广西去上任，匆匆整理行囊，从苏州踏上行程，舟行至湖州，与人一起游览湖州名胜——卞山石林。石林在今太湖南岸卞山山麓，叶梦得曾避居卞山，在山腰上修房盖屋，营造园林，名曰“石林”，并以此自号，安度晚年。

石湖居士以乾道壬辰冬发吴郡，帅广西。行十日，至湖州。将游北山石林，入山，松桂深幽，绝无尘事。过大岭，乃至石林。则栋宇乃倾颓，惟正堂无恙。堂正面，卞山之高峰，层峦空翠照衣袂[1]，略似上天竺，白云堂所见而加雄伟。自堂西过二小亭，佳石错立，道周至西岩，石益奇且多。有小堂曰“承诏”。叶公自归守先陇经始此堂，后以天官召还，受命于此，因以为名焉。其旁登高，有罗汉岩，石诡，皆嵌空装缀，巧过镌劚[2]。自西岩回步至东岩，石之高壮礨砢[3]。又过西岩，小亭亦颓矣。

叶公好石，尽力剔山骨，森然发露，若林而开径于石间，亦有自他所移徙置道旁以补阙空[4]者。方公著书释经于堂上，四方学士闻风仰之，如璇玑景星。语石林所在，又如仙都道山，欲至不可得。盖棺未几，而其家已不能守，或谓此地离人太远，岑蔚[5]荒虚，非大官部曲[6]众多者难久处。又云公殁后，山鬼抢攘，暮夜与人错行，妇子不能安室，故诸郎去之云。出石林，饭旌善寺，叶氏坟祠也。

雪川有两玲珑山，石林为大玲珑，又有小玲珑，在长兴县界路口。闻其尤胜石林，遂过之。小玲珑今属之沈氏，此山石色微黄而更奇。古一丘悉空中，洞穴千数，皆傍相通贯，故名玲珑。泉声泻三磴，中窈如深谷，前小池，石如牛马、虺隤[7]其中，池后山屏上，洗出之石，襞积[8]嵌岩[9]，巧怪万状，缺罅[10]清泉泓泓，丛桂覆其上。亭馆既无人居，亦渐荒废。

雪川特无好事能捐厚赀买之。沈氏虽不得山，亦足以豪矣。玲珑山，杜牧之所游，即石林，是以小玲珑脱出而加胜云。

注释

[1]衣袂：衣衫。
[2]镌劖（chán）：雕凿。
[3]礨砢：众多、堆叠的样子。
[4]阙空：“阙”通“缺”，空缺。
[5]岑蔚：草木深茂；深茂的草木丛。
[6]部曲：古代军队编制单位，军队。
[7]虺隤（huī tuí）：有病，生病，多指马而言。
[8]襞积：重叠；堆积。重复；堆砌。
[9]嵌岩：山崖险峻貌，指峻险的山岩。
[10]罅（xià）：裂缝；缝隙。

赏析

本文先交代了范成大游石林的原因：接到朝廷命令，要到广西上任，行舟至湖州，于是游览卞山石林。石林已近荒芜，很多屋宇已经倾颓，正堂还安然无恙。面对先贤遗迹，作者感慨石林胜景已不在。文章紧接着又叙述在大堂正面所见，再简要介绍承诏堂，描述山行过程。

本文通过对石林美景的描写，表达了对石林的喜爱以及对先贤叶梦得的仰慕、赞美之情。

（钟张静　张婷婷）

山居记

〔宋〕杨万里

杨万里（1127—1206），字廷秀，学者称诚斋先生。吉州吉水（今江西省吉水县）人，绍兴二十四年（1154）举进士，授赣州司户参军。历任国子监博、漳州知州、吏部员外郎秘书监等。在朝廷中，杨万里是主战派人物。后出为江东转运副使，反对以铁钱行于江南诸郡，改知赣州，不赴，乞辞官而归，自此闲居乡里。卒后谥号“文节”。杨万里的诗自成一家，独具风格，形成对后世影响颇大的“诚斋体”。

题记

本文选自《诚斋集》卷七十七。作于宋宁宗开禧元年（1205），是杨万里为沈作宾“山居”写的一篇散文。文章就“山居”不在山中展开议论，认为只要心中有山，即使是居住在闹市，也可以享受山居的乐趣。

山居者，待制侍郎雪川沈公宾王之居也。宾王之居，不于其山于其郛[1]，而曰“山居”者，癖于爱山也。人各有癖，武子[2]癖于马，宾王癖于山。郛居而名以“山居”，以见爱山之意，无适而非山也[3]。

宾王胸次洒落，如风棂月牖[4]；韵致清旷，如雪山冰壑。身居金马玉堂[5]之近，而有云峤[6]春临之想；职在献纳论思之地[7]，而有灞桥吟哦之色。家本道场何山之麓也，而世居吴兴之郛，非其好也。爰即其居小筑一室，其广三楹，署以此名。

客有过之而笑者，曰：“君子之宅有二：有晏子之宅[8]，有庾信之宅[9]。庾于林，晏于市也。今子之宅，晏也，非庾也。而曰‘山居’，嘻！甚矣子之爱山也！抑亦居则有矣，恶睹所谓昆仑哉？问其户外，则康衢之埃也，那得清壁之倚天？问其墙东，则唐肆[10]之区也，那得千岩之秋气？问其极目，则黄公之垆[11]也，那得飞泉之漱玉？昔羊叔子有鹤[12]，尝矜其能舞，一日客至，求观，公为出之，竟氃氋[13]不能舞。今子之‘山居’将无类羊公之鹤乎？”

宾王笑曰：“子知笑吾之无山而有山，不知吾亦笑子之有目而无目也。吾尝仕于江西章贡之宪幕矣，又尝守天台矣，又尝倅会稽矣。翠浪玉虹，丹丘赤城，若耶云门，千岩万壑，至今磊磊皆在吾目中也。今吾此室之前，怪石相重，松竹相友，泉流相晖，其巉然者，非崆峒、天台乎？其森然者，非云门、禹穴乎？其泠然者，非瀑布帘泉乎？吾居无山，吾目未尝无山。子目无山，吾居未尝无山。”

开禧乙丑六月既望，诚斋野客庐陵杨万里记。

注释

[1]郛（fú）：古代城外面围着的大城。

[2]武子：晋人王济，字武子。《世说新语·术解》：“王武子善解马性。”晋人裴启《裴子语林》记载：“王武子性爱马，亦甚别之，故杜预道王武子有马癖。”

[3]无适而非山也：指“非山而无适”，没有山就觉得不畅快。

[4]风棂月牖：如风吹过窗棂，月光透过窗户，此处用来形容胸怀坦荡。

[5]金马玉堂：金马门和玉堂殿的并称。金马门原为汉宫宦者署

门，玉堂殿原为汉未央宫的属殿，均为学士待诏之所。后亦沿用为翰林院的代称。

[6]云峤：员峤。古代神话传说中海中的仙山。

[7]献纳论思之地：指朝堂。

[8]晏子之宅：晏子，名婴字平仲，春秋齐国名相。《左传·昭公三年》："景公欲更晏子之宅，曰：'子之宅近市，湫隘嚣尘，不可以居，请更诸爽垲者。'辞曰：'君之先臣容焉，臣不足以嗣之，于臣侈矣。且小人近市，朝夕得所求，小人之利也。敢烦里旅？'"

[9]庾信之宅：庾信，字子山，南朝梁诗人，使西魏，阻于兵，留长安。北周代西魏后，官至骠骑大将军、开府仪同三司。

[10]唐肆：空荡的集市。

[11]黄公之垆：魏晋时王戎与阮籍、嵇康等竹林七贤会饮于黄公酒垆。此处用以代指集市酒家。

[12]羊叔子有鹤：故事出自南朝宋刘义庆《世说新语·排调》，后来常用"羊公鹤"比喻名不副实的人或物。

[13]氃氋（tóng méng）：意思为毛松散，委顿貌。

赏析

沈作宾，即文中"沈公宾王"在吴兴所筑的私人园林是当时的名园。杨万里酷爱园林，而此文只写沈作宾的"山居"，并不描绘园林盛景，也不以写景文字为重，别具一格。先写"山居"名不副实，然后点出爱山之人心中有山故而眼中也有山，所以能在无山的"山居"中享受到山居的乐趣。

从艺术的角度看，此文也可圈可点。文章开门见山，点出沈作宾爱山成癖，居所虽然不在山中还是命名为"山居"。随后写"山居"主人的胸怀情韵，为下文沈作宾"山居"无山而眼中有山的论述铺垫。

（冯羽琪　陈钰霄）

风景区内的滨湖景观带

沈氏胜栖堂记

〔宋〕王质

王质（1135—1189），字景文，号雪山，郓州（今山东省东平县）人，寓居兴国军（今湖北省阳新县）。南宋高宗、孝宗时期著名经学家、诗人、文学家。王质是一个著名的《诗经》学家，与郑樵、朱熹齐名，且自成一家之言。在文学上他善诗、工词、能文，著述颇丰。主要著作有《雪山集》《诗总闻》《朴论》等。

题记

本文选自《雪山集》卷六。湖州沈氏胜栖堂为吴兴沈氏所建，是一所带有家族性质的建筑。王质三次游览东林，见证了建堂的三个阶段。他对沈氏兄弟这种能够持之以恒把事情做好的品格给予了高度肯定，赞扬了沈氏兄弟做事有始有终而不倦怠的精神。

余以岁戊寅来东林，此地方为菰田。沈氏兄弟竭智力营之。自其先君睥睨十余年，至是捐金钱数十万，乃得集市之闲民，竞辇土石实之，役工数千始平。稍徙花竹，藩饰其处。余为指其最胜者，曰“是可堂”。异时[1]果堂，其以“胜栖”名之。二子齐诺，即所指地增筑将基为堂者。

后四年，过之所规，为略就位，置行列皆应绳墨，曰凡堂之材，若资悉具，忌岁[2]未敢屋，以俟明年。

又三年过之，芙蓉、木犀［樨］、梅、杏、桃、李皆成林；杨柳、冬青皆成荫。修竹满径，菱荷满池，隐然一堂。宏丽靖深，挟以蔽轩，引以修廊，是为“胜栖”。进二子而谓之曰：余过此者三：初过之，地始除；再过之，堂始营；三过之，草木森然，栋宇穹然。昔意于心，今形于目。二子持家有功，抑余告子：物难于成，易毁；事难于进，易退。守之在诚，行之在勤。子惟肯堂之志甚确，诚守而勤行之，乃克有济。先劲后弱，始锐末杀，或隳[3]其中，何成之云？不辍肯堂，惟堂故成；无斁[4]治身，惟身故立。人情进退甚亟，上之其变三：始而慢，再而骇，三而羡；下之其变三：始而疾，再而怜，三而鄙。是故丘陵贵[5]增，削则浸[6]颓；江河贵盈，缩则浸涸；学问贵益，损则浸荒；道德贵崇，卑则浸微。子以为然，余将示子以方[7]：义重于财，厚义薄财；德重于势，就德轻势；礼重于物，崇礼卑物；恩重于怨，取恩舍怨。

今日三过堂，而堂之事三变，他日屡见子，而子之能屡更，将有信于余言。长字虞卿，次周辅。

注释

［1］异时：过了一段时间。
［2］忌岁：忌讳之年。
［3］隳（huī）：毁坏。
［4］斁（yì）：厌倦，终止。
［5］贵：崇尚，重视。
［6］浸：在这里作副词，有“渐渐”的意思。
［7］方：办法，技巧。

赏析

本文先讲述了作者在胜栖堂还没建造前看到的景象，交代了从沈氏先君开始就聚资召集无业之民兴工建设的情形，用“役工数千”来说明工程的浩大，也为后面长达好几年的建造埋下了伏笔。在堂建成之后，作者拜访了沈氏兄弟，用自己三次路过沈氏堂所见，来赞扬胜栖堂建筑的成功，同时也对沈氏兄弟能够坚持不懈用多年时间来做好这一件事情表达了自己的敬佩和欣赏。“不辍肯堂，惟堂故成；无斁治身，惟身故立”，从这里开始，作者上升到人生高度来发表观点，分别对“义”和“财”、“德”和“势”、“礼”和“物”、“恩”和“怨”这四对关系中的轻重问题表达了自己的看法。

全文既写了沈氏胜栖堂的建造，又对沈氏兄弟做事的态度和坚持不懈的精神给予了充分的赞扬。

（沈奕晴）

今日东林山

记霅川游赏去处（外三篇）

〔宋〕倪思

倪思（1147—1220），字正甫，湖州归安人，南宋乾道二年（1166）进士，中博学鸿词科。历孝宗、光宗、宁宗三朝，曾任礼部侍郎、礼部尚书等职。主张抗金，反对求和，以直谏著称。直到临死，还上疏朝廷，陈述政治主张。卒后谥“文节”。著有《齐山甲乙稿》《兼山集》《经鉏堂杂志》等。

题记　本文选自《经鉏堂杂志》卷八和卷五。《记霅川游赏去处》写了城内外有四十二处游玩地，另三篇写霅川、法华寺、东林山。霅川是个宜居的地方，法华寺清静，东林山清水秀。吴兴的美景真是令人神往。

城内　颜鲁公堂、莫氏莲庄、莫郎中园、鲁氏极目、林氏溪堂、杨氏水云乡、万氏南园、邹氏园、慈感寺、沈尚书园、晦岩园、叶氏园、赵氏北园、俞氏园、向氏园。

城外　程氏园、道场山、何山、岘山、赵氏玉鉴、赵氏庆源堂、法华山、仁王寺、湖趺亭、狄岗寺、赵氏小隐、思溪亭、西余山、赵氏梅园、弁山观、石林、黄龙洞、赛玲珑、小玲珑、太湖之滨、张氏园、东林、菁山、濮山、德清、长兴、武康。

凡四十二处，若月一游，则日日可度；每岁一游，则可阅三十年。日日游太频，劳费可厌。岁一游太疏，今酌其宜，每月往一处游。一月之中，又择良辰美景，具山肴野蔌，或邀一两宾。无宾轮携子弟同行，庶几疏频得中。至于月夕雪夜，暑天游溪赏荷，又不在此也。齐斋居士书。

雪川[1]　顷年[2]奉使到北方，大率平野，绝无山水。晴则尘涨空，雨则泞没膝。然后知江南之为绝境。而雪川者，尤为清胜。盖平波漫流，有水之利，而无水之害。群山环列，秀气可掬。卜居于此，殆复何加。里谚曰：“放尔生，放尔命，放尔湖州做百姓。”此乃唐末五代之语。是时，天下皆被兵，独湖州获免。至于本朝，太平又二百年。靖康、建炎，复免兵厄。今尚有唐五代时屋宇，夫为湖州之百姓，犹为至幸，况为士大夫乎。

法华　自西门出十八里，有法华寺。寺侧，则赵氏小隐园，庭宇洁雅。其漱玉[3]森翠，临巨涧，荫乔松，水清见底，游鱼数十若行空。坐石上片时，真所谓坐茂树、濯[4]清泉者，独恨城关之阻，亟反归棹，不得终日耳。

东林山水　东林祖居，山水清秀，然气象规模，不甚深大。七十年前有善相者，云：“官不过正郎，钱不过十万。”历数前辈，信然。今仆官中大夫，或谓迁居城中之故。然沈甥家资，已过十万，岂山川与时变迁耶。在仆，亦合知足。

注释

[1]霅(zhà)川:又称霅溪、霅水,湖州河流之一,这里是湖州的代称。
[2]顷年:近年。
[3]漱玉:形容泉水倾泻在石头上的声音非常清脆,有如敲击玉石。
[4]濯(zhuó):洗。

赏析

《记霅川游赏去处》开篇详尽列举了城内外的四十二处游赏之地。每天游玩一处,过于频;每年游玩一处,又太疏;每月去一处,则刚好。文章认为,选择良辰美景,带上山肴野蔌,邀约两三好友一同前往,岂不妙哉!而其他三篇小文则指出:湖州是个环境绝佳的胜地,唐末五代时,天下各处都在打仗,只有湖州得以避免,因此,能在湖州生活,实在是幸运!法华寺的环境是清幽宁静的,旁边的庭院十分雅致,还有清晰可见底的山涧,鱼儿在欢乐地游动。一切都是安宁美好的样子。东林山山清水秀,还有着神秘的气象之变。

几篇短文写了湖州各处赏玩之地,又详细描述其环境和相关故事,表达了作者对美景的喜爱以及能在湖州感受慢生活,享受宁静的庆幸。

(蔡凌洁　赵雨婷)

白雀山法华寺

湖州胜赏楼记

〔宋〕叶 适

叶适（1150—1223），字正则，人称“水心居士”，温州永嘉（今浙江省温州市）人，淳熙五年（1178）榜眼。历仕孝宗、光宗、宁宗三朝，官历平江府观察推官、太学博士、尚书左选郎、国子司业、泉州知州、兵部侍郎等职，曾参与策划“绍熙内禅”。叶适主张功利之学，反对空谈性理，对朱熹学说提出批评，为永嘉学派集大成者。他所代表的永嘉事功学派，与当时朱熹的理学、陆九渊的心学并列为“南宋三大学派”，对后世影响深远。著有《水心先生文集》等。

题记

本文是作者为湖州胜赏楼所作，选自《水心集》卷十一。作者对登上胜赏楼后看到的楼外的湖光山色进行了描写，对美景给予了赞赏。文章集叙述、发议、抒情于一体，对理想中的政治进行了肯定。

凡城邑，据江海陂泽之胜，皆即以为赏。盖物常聚于大矣。吴兴三面切太湖，涉足稍峻，伟浸可几席尽也。然四水会于霅溪，镜波蓝浪，梁梠[1]动摇，而靓妆袨[2]服之倒影，互为散合。众流放于荷叶浦，沉清浮渌，凫鹄栖止，而绮荷文蓼之罗，生无有际畔，特岭联亘，巧石绵络，颇抑湖之重势而蔽遮其寒风。故其人意安而气和。舸经舫纬，艇绘艓缕，细声窈眇，豪唱激越，宛转一州间，随地而胜，随胜而赏，无不得所求。具区[3]虽大，不假观也。夫岂娱于耳目之狭者易循，而迪于心志之广者难亲耶？亦其神灵爽异所独钟，彼虽大而此不小也。

国风废，王道息，柳恽以《江南曲》名于时。古之《采蘋》[4]，筥[5]盈而釜熟，荐于大宗，礼至敬也，主于少女，教至行也。恽之“采蘋”徒咏而已，其思荡，其志淫，岂《召南》本旨哉。然而词人艺士争共夸述郡之胜赏，由是而始，敞堂奥馆，益盛于今。

太守赵君既新白蘋亭，复楼于侧。其言曰：“清风水遁，碧澜山隐，兼之者，斯楼也。力能见湖而不为者，民方与我游于丽密之内，我不敢与民纵于青冥之外也。”虽然，以道讲，民见湖可哉？白居易论谢柳乐山水多高情，不闻善政。按史，恽守吴兴前后十年，其政清静，吏民所怀，病去而乞留千余人。居易偶不详也。政在平，平在久，加以不倦，瘠土可使沃，穷阎[6]可使富。况蒲鱼丰衍，明山媚水，素称胜绝乎。

君初至，损税直，增学廪[7]，亲不葬，女不嫁，废疾无医，死无殓棺，皆助之恐不及，可谓有志矣。惜其暂不得久，近惠而未及远利也。故录以次。恽君名希苍，字汉英。嘉定十五年三月。

注释

[1]梁梠：房屋的梁和檐。
[2]袨（xuàn）：华美，盛。
[3]具区：太湖别名。
[4]《采蘋》：指《诗经·召南·采蘋》。
[5]筥（jǔ）：圆形的盛物竹筐。
[6]穷阎：陋巷，穷人住的里巷。
[7]学廪：学校的经费。

赏析

本文前半部分先写湖州游赏所览，从镜波蓝浪、荷叶浦的渌水，到凫鹄和绮荷文蓼、连绵的山岭和巧石，由近及远、由低到高描绘了登胜赏楼看到的湖光山色，让人如临其境。后又由景色引发议论。作者转向描写水面上的船只，从视觉和听觉两方面进行了绘声绘色的描写，动静相衬，突出游赏的乐趣。

随后游记下半部分转向叙事，怀念柳恽等名人雅士的风度，又交代了作者作记的原因。

整篇文章融描写、发议、记叙、抒情于一体，将优美的景色与深邃的思考结合在一起，别有一番韵味，充分显示了作者谋篇布局的能力。

（蔡凌洁　赵雨婷）

今日妙西港

北村记

〔宋〕叶 适

题记

本文选自《吴兴艺文补》卷二十二。户部尚书沈公在城北奉胜门外修建了一个花园，即北村。此文介绍了北村的景观。叶适赞美北村之景，认为修建这个园囿的沈公“冲约有清识”，“又能挹损其言，不自夸擅，可谓贤矣”。

户部尚书吴兴沈公园于城北奉胜门外，而使告余曰：北村亩余三十，中涵五池，太半皆水也。其为丛花茂木之荫狭矣。灵寿书院容卧起[1]，而移老堂巨屋也，不过三楹而止。其为崇闳邃宇[2]之居褊矣。洲藏渚伏[3]，濠港限隔[4]，非舟不能通。道相为市者，皆鱼虾之友、菱芡之朋，而冠带车马之来绝矣。并日却坐，分夜独宿，橹回棹转，穿南北而透东西，遗音欸乃，常在庭际，而丝竹鼓钟之奏息矣。盖其陋若此也。惟对湖，台高不逾丈，具区前临，湖心远峰，明晦灭没，近而后溪、凤凰、毗、弁[5]诸山，往往凑泊于溪山亭之下。殆或天与者。虽然，是亦樵夫野人之所同有也。

若夫城中甲观大囿，照耀映夺，曾不敢仰视而侧立也。吾闻古之善游者，粗于天而不精于人。今吾卤莽而营之，苟且而成之，姑以寄吾身于一壑之内，而游于天地之外，非所谓粗耶？故名其囿曰自足。而甲观大囿，照耀而映夺者，非惟不敢望，亦不敢羡焉。余谓公冲约有清识，既以天趣得真乐，而又能挹损[6]其言，不自夸擅，可谓贤矣。

余尝评天下山水之美，虽质文变态各异，而吴兴特为第一。其山脉地络融液而浸灌者，莫非气之至清，渟止演漾，澄莹绀澈[7]，数百千里，接以太湖。蒲荷蘋蓼，盛衰荣落，无不有意。而来鸥去鸟，风帆浪楫，恣肆渺莽，不知其所穷。昔之功已就，若范蠡身不用，若张志和之流，未尝不遁逸[8]啸歌于其间。盖仙圣之宅，非人世也。余海滨之人，山凡水俗，常恨不得生长其地而尚友其贤豪。今公乃以筑圃，曲折名实，大指[9]使余记之，岂非所愿欲也哉。

注释

[1]容卧起：仅仅能起居。
[2]崇闳邃宇：高大宏伟的屋宇。
[3]洲藏渚伏：水中的陆地此起彼伏。洲、渚都指水中的陆地。
[4]濠港限隔：濠水分流阻隔。濠，濠水；港，江河的支流。
[5]凤凰、毗、弁：指凤凰山、毗山、弁山。都是湖州北部的山名。
[6]挹损：谦逊。
[7]澄莹绀（gàn）澈：清澈透明。
[8]遁逸：避世隐居。
[9]大指：大旨。

赏析

本文先通过沈公的口述来描述北村园囿的形态。北村三十余亩，中间有五个水塘。这里花草树木茂盛，水中的陆地此起彼伏，濠水分流阻隔，必须要乘船才能通过。接着夹叙夹议，赞美修建北村的沈公淡泊简约又有高见卓识，十分谦虚不自夸。作者认为吴兴山水是天下第一流，其山脉地络融为一体，湖水清澈透明，和太湖相连，蒲荷蘋蓼，来鸥去鸟，风帆浪楫，范蠡、张志和都曾隐居其间，就像是神仙住的地方。在叙事议论中作者表达了高尚的情操和个人理想。

（王　燕）

吴兴中心城区项王码头

吴兴园圃

〔宋〕周 密

周密(1232—1298,一说1308),字公谨,号草窗,又号蘋洲、萧斋,晚年号弁阳老人、四水潜夫、华不注山人。祖籍济南,吴兴(今浙江省湖州市)人,出身于五世官宦家庭,后以门荫入仕,景定四年(1263)因督买公田一事得罪权相贾似道而辞官。宋度宗咸淳年间出任两浙运司掾属、丰储仓检查。其间他广泛交游,参加吟诗结社活动。入元不仕,专心著述。周擅长诗词,作品典雅浓丽、格律严谨,亦有感时之作。

题记

本文选自《癸辛杂识》前集。吴兴山清水秀,是士大夫修建府邸的理想之地,而士大夫所建府邸多有园林。宋亡之后,周密感伤时事,又受倪思《经鉏堂杂志》中所载吴兴园林盛况启发,于是将曾经游历过的吴兴园林记录下来,写成此文。

吴兴山水清远,升平日,士大夫多居之。其后,秀安禧王府第在焉,尤为盛观。城中二溪[1]水横贯,此天下之所无,故好事者多园池之胜。倪文节《经鉏堂杂志》常纪当时园圃之盛。余生晚,不及尽见。而所见者亦有出于文节之后,今摭[2]城之内外常所经游者列于后,亦可想像昨梦也。

南沈尚书园　沈德和尚书园[3],依南城,近百余亩,果树甚多,林檎尤盛。内有聚芝堂藏书室,堂前凿大池几十亩,中有小山，谓之蓬莱。池南竖太湖三大石，各高数丈。秀润崎峭，有名于时。其后贾师宪[4]欲得之，募力夫数百人，以大木构大架，悬巨絙，缒城而出，载以连舫，涉溪绝江，致之越第，凡损数夫。其后贾败，官斥卖其家诸物，独此石卧泥沙中。适王子才好奇，请买于官，募工移植，其费不赀。未几，有指为盗卖者，省府追逮几半岁，所费十倍于石，遂复舁[5]还之，可谓石妖矣。

北沈尚书园　沈宾王尚书园[6]，正依城北奉胜门外，号北村。叶水心[7]作记，园中凿五池，三面皆水，极有野意。后又名之曰自足。有灵寿书院、怡老堂、溪山亭、对湖台，尽见太湖诸山。水心尝评天下山水之美，而吴兴特为第一，诚非过许也。

章参政嘉林园　外祖文庄公[8]居城南，后依南城，有地数十亩，元有潜溪阁。昔沈晦岩清臣故园也。有嘉林堂、怀苏书院。相传坡翁作守，多游于此。城之外别业可二顷，桑林、果树甚盛，濠濮横截，车马至者数返。复有城南书院。然其地本《郡志》之南园，后废。出售于民，与李宝谟者各得其半，李氏者后归牟存斋。

牟端明[9]园　本《郡志》：“南园，后归李宝谟，其后又归牟存斋。”园中有硕果轩、元祐学堂、芳菲二亭、万鹤亭、双杏亭、桴舫斋、岷峨一亩宫。宅前枕大溪，曰南漪小隐。

赵府北园　旧为安禧故物，后归赵德勤观文。其子春谷、文曜葺而居之。有东蒲书院。桃花流水、薰风池阁、东风第一梅等亭，正依临湖门之内。后依城，城上一眺，尽见具区之胜。

丁氏园　丁总领园，在奉胜门内。后依城，前临溪，盖万元亨之南园、杨氏之水云乡，合二园而为一。后有假山及砌台，春时纵郡人游乐。郡守每岁劝农还，必于此舣[10]舟宴焉。

莲花庄　在月河之西，四面皆水。荷花盛开时，锦云百顷，亦城中之所无。昔为莫氏产，今为赵氏。

赵氏菊坡园　新安郡王之园也。昔为赵氏莲庄，分其半为之。前面大溪，为修堤、画桥，蓉柳夹岸数百株，照影水中，如铺锦绣。其中亭宇甚多，中岛植菊至百种，为菊坡、中甫二卿自命也。相望一水，则其宅在焉。旧为曾氏极目亭，最得观览之胜。人称曰八面曾家，今名天开图画。

程氏园　程文简尚书园，在城东宅之后，依东城水濠，有至游堂、鸥鹭堂、芙蓉泾。

丁氏西园　丁葆光之故居。在清源门之内，前临苕水，筑山凿池，号寒岩。一时名士洪庆善、王元渤、俞居易、芮国器、刘行简、曾天隐诸名士皆有诗。临苕有茅亭，或称为丁家茅庵。

倪氏园　倪文节尚书所居。月河即其处。为园池，盖四至傍水，易于成趣也。

赵氏南园　赵府三园，在南城下，与其第相连。处势宽闲，气象宏大，后有射圃、崇楼之类，甚壮。

叶氏园　石林右丞相族孙溥号克斋者所创，在城之东，多竹石之胜。

李氏南园　李凤山参政，本蜀人，后居霅，因创此为游翔之地。中有杰阁，曰怀岷，穆陵御书也。

王氏园　王子寿使君家，于月河之间。规模虽小，然曲折可喜。有南山堂，临流有三角堂。苕、霅二水之所汇，苕清霅浊，水行其间，略不相混，物理有不可晓者。

赵氏园　端肃和王之家，后临颜鲁公池，依城曲折，乱植拒霜，号芙蓉城。有善庆堂最胜。

赵氏清华园　新安郡王之家，后依北城，有秫田二顷。有清华堂，前有大池，静深可爱。

俞氏园　俞子清侍郎临湖门所居为之。俞氏自退翁四世，未及年告老，各享高寿，晚年有园池之乐，盖吾乡衣冠之盛事也。假山之奇，甲于天下，详见后。

赵氏瑶阜　兰坡都承旨之别业，去城既近，景物颇幽。后有石洞，常萃其家法书，刊石为瑶阜帖。

赵氏兰泽园　亦近世所葺，颇宏大。其间规为葬地。作大寺，牡丹特盛。未几，寺为有力者撤去。

赵氏绣谷园　旧为秀邸，今属赵忠惠家。一堂据山椒，曰雪川图画。尽见一城之景，亦奇观也。

赵氏小隐园　在北山法华寺后，有流杯亭，引涧泉为之，有古意，梅竹殊胜。

赵氏蜃洞　亦赵忠惠所有。一洞窅然而深不可测。闻昔有蜃居焉。

赵氏苏湾园　菊坡所创。去南关三里而近碧浪湖。浮玉山在其前，景物殊胜。山椒有雄跨亭，尽见太湖诸山。

毕氏园　毕最遇承宣所葺。正依迎禧门城，三面皆溪，其南则邱山在焉。亦归之赵忠惠家。

倪氏玉湖园　倪文节别墅，在岘山之傍。取浮玉山、碧浪湖合而为名。中有藏书楼，极有野趣。

章氏水竹坞　章南卿北山别业也，有水竹之胜。

韩氏园　距南关无二里。昔属平原郡从，后归余家，名之曰南郭隐。城南读书堂、万松关、太湖三峰各高数十尺，当韩氏全盛时，役千百壮夫移置于此。

叶氏石林[11]　左丞叶少蕴之故居，在卞山之阳，万石环之，故名，且以自号。正堂曰兼山，傍曰石林精舍。有承诏、求志、从好等堂，及净乐庵、爱日轩、跻云轩、碧琳池，又有岩居、真意、知止等亭。其邻有朱氏怡云庵、涵空桥、玉涧，故公复以玉涧名书。大抵北山一径，产杨梅。盛夏之际，十余里间，朱实离离，不减闽中荔枝也。此园在霅最古，今皆没于蔓草，影响不复存矣。

黄龙洞　与卞山佑圣宫相邻。一穴幽深，真蜿蜒之所宅。居人于云气中，每见头角。但岁旱祷之辄应。真宗朝金字牌在焉。在唐谓之金井洞，亦名山福地之一也。

玲珑山　在卞山之阴。嵌空奇峻，略如钱塘之南屏及灵隐、芗林，皆奇石也。有洞曰归云。有张谦中篆书于石上。有石梁，阔三尺许，横绕两石间，名定心石。傍有唐杜牧题名云“前湖州刺史杜牧大中五年八月八日来”，及绍兴癸卯，葛鲁卿、林彦政、刘无言、莫彦平、叶少蕴题名。章文庄公有诗云：“短锸长镵出万峰，凿开混沌作玲珑。市朝可是无巇崄，更向山林巧用工。”

赛玲珑　去玲珑山近三里许。近岁沈氏抉剔为之。大率此山十余里，中间皆奇石也。今岁皆芜没于空山矣。

刘氏园　在北山。德本村富民刘思忠所葺，后亦归之赵忠惠。

钱氏园　在毗山。去城五里，因山为之。岩洞秀奇，亦可喜。下瞰太湖，手可揽也。钱氏所居在焉，有堂曰石居。

程氏园　文简公别业也。去城数里，曰河口。藏书数万卷，作楼贮之。

孟氏园　在河口。孟无庵第二子既为赵忠惠婿，居霅，遂创别业于此。有极高明楼亭宇，凡十余所。

注释

[1]二溪：指苕溪和霅溪。苕溪与霅溪源出一脉，自古以来是湖州的主要河流。
[2]摭：选取，摘取。
[3]沈德和尚书园：沈介私园。沈介，字德和，湖州德清人，曾官兵部尚书。
[4]贾师宪：指南宋末权臣贾似道，贾字师宪。
[5]舁（yú）：抬。
[6]沈宾王尚书园：沈作宾，字宾王，归安人，累官权户部尚书。
[7]叶水心：叶适。
[8]文庄公：章良能，号嘉林，官至参知政事，死后谥号“文庄”。周密的外祖父。
[9]牟端明：指牟子才，牟曾任端明殿学士。
[10]舣：使船靠岸。
[11]叶氏石林：指叶梦得的石林别业。

赏析

作者记录了南宋吴兴城内外三十多处园林，包括其主人、位置、特点。尤其是描述这些园林随着时代变迁，或者荒废，或者易主，或者合并，从中不难看出作者颇有伤时感怀之情。

吴兴山水清美幽远，南宋很多士大夫在此居住，甚至几位赵氏皇室宗亲也在湖州城内安家。所以吴兴城内外园林非常多。但是随着时代变迁，南宋灭亡，时移势易，园林主人也随之变换。字里行间，可以感受到作者的别样情怀。

（叶芳敏　沈秋雅　季睿妍　邱雅琴　芮逸飞）

清初手绘地图中的湖州南郊

吟飞楼赋

〔宋〕赵宗道

赵宗道，曾任湖州知州。

题记

此赋选自清代嘉庆《东林山志》卷九。东林山现位于湖州吴兴区，又名“锦峰山”“锦屏山”“贝锦峰”。此赋记叙了作者登吟飞楼的所见所感，描写了吟飞楼的地理位置、周围环境，表达了作者登吟飞楼的舒畅心情。全赋以景抒情，融情入景，情景俱佳，布局与结构表现出独特的艺术构思，情韵深致，理意透辟。

亚中大夫、知湖州军州事江夏赵宗道，于景定元年[1]春，因到东林祗园寺，瞻回仙像，又登吟飞楼，诵本心文翁[2]词有“朗吟飞过”之句，触目发情，不可胜述，作赋以识之。固不敢希前人之品藻，聊以纪其游览之胜云。

江表大郡，一曰吴兴，山川清远，号极乐城。泉金沙而溪霅画[3]，水太湖而山洞庭。储英毓秀，栖真宅灵。溯霅川而南汇，肇真境于东林。因舣舟而遨游，得探奇于幽冥。讯榴皮[4]之话靶，藻藤蔓之精神。吊东老[5]之遗迹，谒纯阳之真人。曰：此地之开凿，岂一朝之经营？慨风景之寥廓，念原隰之纡萦。由是度基营室，象斗引绳，抗以崇台之雄丽，表以层观之峥嵘。俨帝御于中天，焕奎章于日星。前拱会仙之阁，后翥榴书之亭。堂虚扁“有余”之号，楼高揭“吟飞”之名。

观其层梯缘石，亚栏拱辰，轶迅风于霄汉，伫流景于栏楹。高明拟列仙之珍馆，兀兀睨三山之蓬瀛，可以相羊[6]而观化，宜于頫[7]畅而遥聆。入牖而花卉香，敷庭而松萝阴。岩扉野木，出云气而驰风雨；天光水影，狭景色而媚鱼禽。尽斯楼之所有，游乎目而常亲。其东则苕川萦带，遥岑翠横。日出而烟光开，水净而溪潭清。风高凫渚，月淡渔汀，可以候乔仙之舄，聆玉箫之音。其南则宝塔插天，锦峰列屏。罗怪石之隐嶙，拥柏幢之阴森。飙开烟阖，雾翠霞赪。于以茹芝茎之秀，劚松根之苓。其西则冈峙绣球，波涵水晶。日衔山兮韬璧，月沉流而浮金。猿吟夜悄，鹤唳秋深，可以挹岚光之爽，餐沆瀣之精。其北则烟岚眩翠，霜崖划青，蓄甘泉于丹井，锁紫气于严扃，冰凝玉粉，日匝云骈，可以泛吕岩之驾，闯葛洪之灵。

萃景气于四封，隘尘寰于独醒，想其清风之宵，紫霞之晨，羽衣蹁跹，玉玦翔鸣。披雾阙，俯云甍。据胡床而笑傲，鉴月彩于空明，戴荷巾以寄南窗之兴，挥羽扇以障西风之尘。渺一粟之宇宙，夐万状之轮云。孰凡孰仙，非古非今，脱缰锁于猿马，豁视听于蜗蝇，扑灭声利之膏火，畏远尘俗之迷坑。透元关而洞彻，抗丹霄而骞腾。既而俗颣灰，静虑凝，溯道源，湛天真。可离尘而远遁，拟乘鹤而飞吟。回仙主人于是凝然如有思，欣然如有闻，援琴而歌曰：

登斯楼兮巍巍，挟仙游兮吟飞。身与世而相忘，吟而飞兮何之？风举袂而长笑，剑横空兮来归。轻富贵兮一梦，叹营营兮何为！缅寂寥兮千古，耿悠悠兮遐思。抚琴柱兮思靡从，渺予怀兮乐无涯。

注释

[1]景定元年：公元1260年。
[2]文翁：宋代诗人文及翁，字时学，号本心。
[3]罨（yǎn）画：长兴县一条溪水名。
[4]榴皮：指宋时回道人以石榴皮题诗之事。
[5]东老：宋代沈思，隐于东林山，号东老。
[6]相羊：漫游，徘徊。
[7]頫（fǔ）：同“俯”，低头，面向下。

赏析

本文开头写作者与吟飞楼的渊源：因赴任湖州知州，前往东林山祇园寺参观回仙观，登上吟飞楼。作者由楼名联想到文及翁的“朗吟飞过”一句。看着眼前景象，作者有感而发，遂作此赋。

文章先写见闻。说吴兴是长江以南地区的大郡，山清水秀，号称“极乐城”；金沙泉、罨画溪流过其间，边上是太湖；远方有洞庭山。吴兴钟灵毓秀，建筑优美。而作者则乘着小船遨游，在昏暗中探险，议论着当年石榴皮上题诗的趣事，缅怀“东老”之遗迹。这个地方的开辟建造，怎么会是一朝完成的呢？建在这里的房子，雄伟壮丽的楼阁与崇山峻岭两相呼应。前面是会仙阁，后面是榴书亭；厅堂上的牌匾写着“有余”两字，高楼之上挂着“吟飞楼”字样的匾额。这便是吟飞楼。接着写沿着层层叠叠的梯子往上爬，栏杆环绕着星辰，空中疾劲的风变得舒缓起来。吟飞楼又高又明亮。从楼中俯下身去看，可以从窗外远远地听到声音。花卉的芳香溢满庭院，山林树木直插云霄，鸟儿自由翱翔，鱼儿快活地遨游。作者写四境充满着灵气。“我”就像宇宙中的一粒粟米那样渺小，功名利禄对于“我”来说，就像形状各异的浮云一样遥远。作者继而想象自己乘着仙鹤在空中遨游，抚琴歌唱：“登斯楼兮巍巍，挟仙游兮吟飞。身与世而相忘，吟而飞兮何之？”风吹起“我”的袖子，“我”仰天长笑。剑在空中飞舞，权势富贵何足道。作者的心境在此时豁然开朗。

此赋描写了吟飞楼的地理位置、周围的优美环境，记叙了作者登吟飞楼的所见所感，夹叙夹议，反映了作者登吟飞楼的舒畅胸怀。

（杨晶宇　徐诗佳　毛欣怡）

位于湖州历史文化名人园的颜真卿雕塑

敷山记

〔元〕戴表元

戴表元（1244—1310），字帅初，一字曾伯，号剡源，庆元奉化剡源榆林（今浙省江班溪镇榆林村）人，宋咸淳七年（1271）进士。官历迪功郎、建康府教授、临安府教授、行户部掌故等。论诗主张宗唐得古，诗风清深雅洁，类多伤时悯乱、悲忧感愤之辞，被称为“东南文章大家”。因战乱而有长达十年的漂泊生活，足迹遍及浙、鄂、苏、皖、赣一带。钱塘江畔知遇湖州文士赵孟頫，两人成莫逆之交。戴表元后应赵孟頫盛邀来到湖州，写下脍炙人口的咏湖诗句：“山从天目成群出，水傍太湖分港流。行遍江南清丽地，人生只合住湖州。”著作有《剡源戴先生文集》等。

题记　本文选自《剡源戴先生文集》卷五，融记山写人于一体。曹君将敷山赠予姚子敬，作者在写山的同时既衬托了曹君的重道义，又夸赞了姚子敬的才高，表现了贫者与好义之士的相知相得。文章采用记言对话形式，简洁自然。这也从侧面反映了这一时期文人想要远离政治、隐居山林、逃避社会现实的真实状况。

昔余尝读晋人《绝交书》《誓墓文》[1]，心诚怪之。以为诸公酣咏山林，沉溷乡井，亦云过矣。久之，叹曰：“嗟乎，士大夫心知材业无所益于时，宁出此焉？犹可矫懦激顽[2]哉！然此事贫者亦不易为，则好义之士，又有为之裒[3]工穿磵[4]，致镪[5]买山，以成其高者。若吾家处士之于吴中[6]，符山人之于襄阳[7]，风流客主，天下两贤之，而今岂复有斯人乎？”

庚寅之冬，遇吴兴姚子敬于杭。子敬倾然为予道敷山之事。敷山者，西于吴兴十有余里，山中卷外截水罄，折行平原茂樾间。左右之徐山、杼山，挟敷山而蹲。敷山之前，苍峭亘连，圭起簾伏[8]，望而知为美壤也。然已入于势家，莫可物色。更累十年，子敬之邻有曹君者，始售而有之。既克有之，则以予子敬。於[9]！子敬欲窥一区之地，以居久矣，而不敢望如敷山之美也。曹君曰：“敷山之美，我幸有之，子贫而贤，我以成子。”子敬曰：“我诚不敢望敷山之美也，而不敢不成曹君之义。且吾亲年高，他日倘幸以为寿藏，而筑室读书于其侧，耕渔以给口，藏修以养体，咏歌以舒志，洋洋乎曹君之赐，吾事毕矣。”

吾闻之惊喜，夫子敬之所以得于曹君，与曹君之所以知子敬，视古人何远哉！虽然，曹君义人也，子敬非材业无所益于时者也。予未识子敬时，凡从吴兴来者，夸子敬不容口，曹君亦用是贤贤乎？及既识子敬，乃恂然一儒徒，清苦刻厉，议成而言，虑言而动，其不负敷山审[10]矣。则曹君不为伤义，子敬不为沽惠也。虽然，子敬材诚高，业诚良，知子敬者，或不皆如曹君之真。将有结驷千乘、兼金束带[11]，问途于敷山之下，是吴兴之荣，子敬之达，非敷山之得曹君也。子敬曰：“吾何暇于是，抑子之言为悫[12]。姑为我记之。吾将自书以镌于敷山之石。”

子敬名式，曹君名元，弟名浚者，字资深；名渊者，字子登。余剡源戴表元，字帅初，庚寅之岁，是为某年，谨记。

注释

[1]《绝交书》《誓墓文》:《绝交书》指嵇康的《与山巨源绝交书》,意在拒绝山涛的引荐而欲放任自然。《誓墓文》为王羲之辞官归隐之作。
[2]矫懦激顽:矫正懦弱,激励愚钝,使之奋发有为。
[3]裒(póu):聚集。
[4]磵(jiàn):山间的水沟,古同"涧"。
[5]镪(qiǎng):古称成串的钱。
[6]吾家处士之于吴中:吾家处士指戴逵,东晋时隐士,曾居剡溪。王子猷雪夜千里访戴,言:"乘兴而行,兴尽而返,何必见戴?"
[7]符山人之于襄阳:于襄阳指于頔。匡庐符载山人,曾"遣三尺童子,赍数尺之书",请求于頔出钱一百万买山。于頔遂与之,还赠其纸墨、布帛。
[8]圭(guī)起簴(jù)伏:圭,喻锋芒;簴,指立柱。这里形容敷山的高低起伏之状。
[9]於(wū):表示感叹。
[10]审:明白。
[11]结驷千乘、兼金束带:泛指显贵的官员。
[12]悫(què):诚实,谨慎。

赏析

敷山位于吴兴西面十余里,此山内部峰峦迭起而外部笔陡,中间水流曲折,树木茂密。左右夹以徐、杼两山,青翠连绵,高低起伏,让人"望而知为美壤也"。敷山早年入于权势之家,后为曹君所得,赠予其"贫而贤"的邻居姚子敬,以成姚子敬筑室读书、歌咏舒志于山林的愿望。作者戴表元知道二人的情义后,认为二人的相知相得与古人比,有过之而无不及。于是讲述了一番自己眼中的曹、姚二人。曹君是义士仁人,他重义气,以贤能者为贤能,与子敬知交甚笃,相信子敬定"不负敷山",便将敷山慷慨相赠。姚子敬是一介清苦刻厉、才高业良的读书人,凡事思考成熟了才发言,思虑妥当后才行动。作者未识姚子敬时,凡是从吴兴来的朋友,都夸耀姚子敬；既识子敬，作者亦叹服其才华，敬佩其贤能。文末则交代了作此文的缘由。

全文既写了吴兴敷山的美景，又对曹、姚二人的情义歆羡不已。

（董芝秀）

吴兴移沿山生态景区

吴兴山水图记

〔元〕赵孟頫

赵孟頫（1254—1322），字子昂，汉族，号松雪道人，又号水精宫道人，吴兴（今浙江省湖州市）人，南宋皇室后裔。宋亡出仕，历集贤直学士、济南路总管府事、江浙等处儒学提举、翰林侍读学士等职，累官翰林学士承旨、荣禄大夫。谥号“文敏”。有《松雪斋集》传世，书法、绘画传世颇多。

题记

本记选自雍正《浙江通志》卷二百六十一。“图记”是题画之文，一般记所画内容，析画心匠意，赞画技画艺。赵孟頫的这篇《吴兴山水图记》则别出机杼，以精妙细微的笔致，摹山写水，写出吴兴山水之神妙。“吴兴山水清远”，是前人对吴兴山水的赞誉，也是这幅山水图的取材和命意。

昔人有言：“吴兴山水清远。”非夫悠然独往有会于心者，不以为知言。

南来之水出天目，至城南三里而近，汇为玉湖，汪汪百顷。玉湖之上有山，幢幢状若车盖，曰车盖山。由车盖而西，山益高，曰道场。自此以往，奔腾相属，弗可胜图矣。其北小山坦迤，曰岘山。山多石，草木疏瘦如牛毛。诸山皆与水际路绕，其

赵孟頫绘《吴兴山水清远图》(即《吴兴山水图》)(局部)

麓远望，惟见草树缘之。中湖巨石如积，坡陀磊魄，葭苇丛焉，不以水盈缩为高卑，故曰浮玉。浮玉之南，两小峰参差，曰上下钓鱼山。又南长山，曰长超。越湖而东与车盖对峙者，曰上下河口山。又东西小山，衡视则散布不属，从视则联若鳞比，曰沈长、曰西余、曰蜀山、曰乌山。东北，曰毗山，远树微茫，中突若覆釜[1]。玉湖之水，北流入于城中，合苕水于城东北，又北东入于震泽。

春秋佳日，小舟溯流城南，众山环周，如翠玉琢削，空浮水上，与船低昂，洞庭诸山苍然可见，是所谓清远非耶。

注释

[1] 覆釜：古水名。古九河之一。《尔雅·释水》“釜”作“鬴”。因水中多渚，形如覆釜得名。

赏析

此文第一段仅两句话：“昔人有言：‘吴兴山水清远。’非夫悠然独往有会于心者，不以为知言。”虽只两句话，对全篇却很重要。从结构上说，它统摄全篇，引领下文。

综观全文，其表现手法约略有三。其一，俯瞰吴兴山水的全貌。写吴兴山水的全貌，以城南的玉湖和玉湖上的车盖山为中心，然后有层次地向四方铺展笔墨。其二，移步换形，渐入佳境。除俯瞰吴兴山水的全貌之外，对其各路山水胜景，作者也加以细致描绘，其手法接近中国画的“动点透视”，可以让读者神游其中，置身画里。其三，小景以露，大景以藏；近景以显，远景以隐。

文章最后一段照应开篇，既点出吴兴山水的“清远”，也与作者“独会于心”相合，全文从章法结构看也极完美。

（张科汇　陈雪珍）

吴兴赋

〔元〕赵孟頫

题记　此赋选自《松雪斋集》卷第一。文章从吴兴“势雄乎楚越”的山川形势写起，历数各个朝代“风流互映”的名士显宦，描述丰富的“土地之所生”，极言家乡的富庶之状，最后写因兴文教而致“家有诗书之声，户习廉耻之道”的文明隆盛，落笔于“以仁义为化，礼乐为政”的题旨。

猗与休哉[1]！吴兴之为郡也，苍峰北峙，群山西迤。龙腾兽舞，云蒸霞起。造太空，自古始[2]。双溪夹流，繇[3]天目而来者三百里。曲折委蛇，演漾涟漪。束为碕湾，汇为湖陂。泓渟皎澈，百尺无泥。贯乎城中，达于诸毗。东注具区，渺渺漭漭，以天为堤，不然诚未知所以受之。观夫山川映发，照朗日月，清气焉钟，冲和攸集。星列乎斗野，势雄乎楚越，神禹之所底定，泰伯之所奄宅。

自汉而下，往往开国。洎晋城之，揽秀据实，沿流千雉，面势作邑。是故历代慎牧，必抡[4]大才、选有识。前有王、谢、周、虞，后有何、柳、颜、苏。风流互映，治行同符，皆所以宣上德意，俾民欢娱。况乎土地之所生，风气之所宜，人无外求，用之有余。

其东，则涂泥膏腴亩钟之田，宿麦再收，粳稻所重，玉粒长腰，照筥及箱，转输旁郡，常无凶年。其南则伏虎之山、金盖之麓，浮图标其巅，兰若栖其足，鼓钟相闻，飞甍华屋，衡山绝水，鲁史所录，盘纡犬牙，陂泽相属。蒹葭孤卢，鸡头荷华，菱苕凫茨，萑蒲轩于，四望弗极，乌可胜数！其中则有鲂鲤鲦鲿，针头白小，鲈鳜脍余，鼋鼍龟鳖；有蚊龙焉，长鱼如入，喷浪生风，一举百钧。渔师来同，罔罟笭箵，罩汕是工，鸣榔鼓栧，隐然商宫，巨细不遗，噞噞喁喁，日亦无穷。其西则重冈复岭，川原是来。其北则黄龙瑶阜之洞，玲珑长寿之坞，悬水百仞，既高且阻，硿砑嵚崟，崴磊硱磳，怪石万数，旅乎如林。其高陵则有杨梅枣栗，楂梨木瓜，橘柚夏孕，枇杷冬华，槐檀松柏，椅桐梓漆之属。文竿绿竹，篆荡杂遝。味登俎豆，材中宫室，下逮薪樵，无求不得。其平陆则有桑麻如云，郁郁纷纷，嘉蔬含液，不蓄长新。陆伐雉兔，水弋凫雁，舟楫之利，率十过半。衣食滋殖，容容衎衎，既乐且庶，匪教伊慢。

于是有搢绅先生，明先圣之道以道之，建学校，立庠序，服逢掖。戴章甫，济济多士，日跻于古。乃择元日，用量币，尊玄酒，陈簠簋，选能者，秉周礼，赞者在前，献者在后，雍容俯仰，周旋节奏，成礼而退，神人和右。当是之时，家有诗书之声，户习廉耻之道，辟雍取法，列郡观效，诚不朽之盛事已。

或者难曰："自古论著之士，曷尝不识人物、纪风俗哉？夫人才者济时之具，而风俗者为治之质也。今子徒捃摭[5]细碎，排比货食，高谈不切，炫耀自饰，莫大于斯二者，顾乃略而弗录，虽文夺组绣，声谐金石，窃为子不取也。”仆应之曰：“否。子独不闻夫子之言乎？‘十室之邑，必有忠信。’今年且千载，地且千里，人物之富，胡可殚纪！史册毕书，可无赘矣。若乃风俗之隆污，在为政者之所移易，又弗可得而定著也。夫吴虽分在江左，尝被至德之风矣。且吾闻之，风行而草偃，日中而表正。上行下效，置邮[6]传命。辟若季子为守，言游为令，以仁义为化，礼乐为政，镇以不贪之宝，喻以不言之信，即刑可使不用，俗可使益盛，方将还敦朴于上古，考休祥于庶征。今美则美矣，又可遂以为定乎？”于是难者唯唯，逡巡而失意。

题记

[1] 猗（yī）与休哉：美好吉庆。猗，助词，美好盛大的样子；休，吉庆，美善。
[2] 造太空，自古始：从上古时期就存在于这个宇宙之中了。
[3] 繇（yóu）：古同“由”，从，自。
[4] 抡：挑选、选择。
[5] 捃摭（jùn zhí）：采取，采集。
[6] 置邮：用车马传递文书信息。亦谓传递文书信息的驿站。

赏析

《吴兴赋》是赵孟𫖯书法作品中的得意之作，且所书内容全由其本人撰写。仅自己撰写这一点，在其传世作品中就是极为罕见的。据卷后自跋可知，此赋乃赵孟𫖯二十余岁时所作，是其早期文学作品代表。作者非常自豪地讴歌了家乡之富饶美丽，又列数历代才俊名彦，还热情地赞誉了故乡的淳朴民风。

（戴甜甜　颜陈奕）

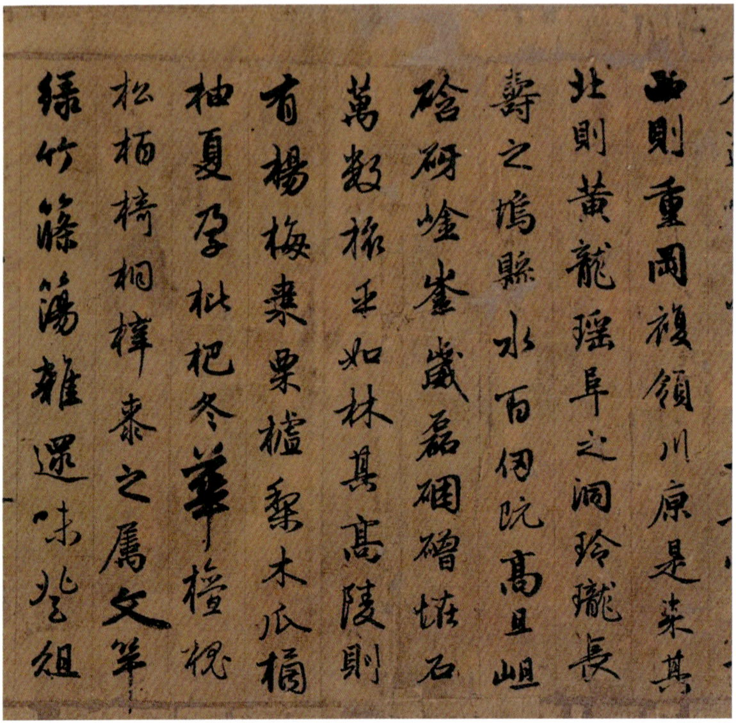

赵孟頫书《吴兴赋》（局部）

重修锦峰塔院碑记

〔元〕孟　淳

孟淳（1264—？），元代德安随州（今湖北省随州市）人，居于湖州，字君复，号能静。孟淳早年靠着父亲的荫庇进入仕途，在成宗元贞间任平江路总管，历任太平、处州、徽州等路总管，后以常州路总管致仕。

题记　本文选自嘉庆《东林山志》卷七。在东林山的锦峰山上，有一座历史悠久的塔院，叫锦峰塔院，此文写的是院中的锦峰塔。塔其因山而得名。塔始建于宋宣和年间，南宋宁宗庆元、开禧年间遭雷火后重建。此文记述了重修锦峰塔院的来龙去脉。

吴兴城南，苕溪西上四十五里，地名东林，即沈东老之居。小山独秀，号贝锦峰。上有浮图七级，乃姚氏所建。

姚本西陕西望族，世以武功名著史传。宋治平间，观察公来赘于湖，爱是峰清致，因家其下。政和中如京师，与思溪王承宣[1]游泗州，遘[2]风涛，祷神有感，同发是愿。宣和末，始克遂焉。实为祝延圣寿道场。庆元、开禧，荐罹[3]雷火，幸不至烬，因而完之。咸淳壬申，里亡赖盗毁其庐，逐其徒，过者兴念。姚君宗夔，以族长率诸弟侄求直于官，悉正以法。复命僧嗣成葺之，时院宇殿塔俱坏，人以为难。是僧得坚固力，爰讫于成。

自皇元至元以来，圣相厥居，有祷必应，舍田施财者乐然。像设庄严，栋宇宏壮，食指繁伙，百器备用。岂曰起废云乎哉。今僧得安嗣成，永为甲乙住持讲院，咸谓不有姚君继志，其何以兴？岁久谁复知之？其子清孙乃绘像于诸祖旧祠之侧，从众心也。既而叹曰：吾族盛，冠盖相望[4]，今则蒸尝缺矣，因列其少长而祀焉。

一日，以颠末过余，曰："不敢请耳，幸为我记之。"予曰信哉，豫章公之言也。非其时不兴，非其人不能。子之祖，建是塔、殿阁，至宋季时已一百五十余祀，中更劫灰，沦于芜秽，今乃修创一新，规模日广，而浮图七级[5]复岿然，为人天所恭敬，非时之兴、人之能，若是耶？至于吾子彰祖父之德，悯宗族之绝，则有传无尽矣。予不能文，勉为子记，以告来者。院之恒产，具载碑阴，其世守之。

大德四年正月上元日，资善大夫处州路总管，兼内劝农事汉孟淳记。

注释

[1]王承宣：指宋代湖州思溪人承宣使王永锡。
[2]遘（gòu）：相遇，碰到。
[3]罹：遭遇。
[4]冠盖相望：指官员的冠服和车盖，用作官员代称。
[5]浮图七级：指佛塔。

赏析

本文主要记述了湖州东林锦峰塔宋末元初遭遇毁弃又重建的事件。文中写到，锦峰塔建于北宋宣和末年，宋庆元、开禧年间不幸遭遇雷火，所幸该塔没有都烧成灰烬。后该塔院又遭歹徒破坏。有僧人对塔进行修复重建，使锦峰塔当年的宏伟壮丽又得以再现。锦峰塔院遭受破坏而仍能被重建，这不可不归功于当时人们的勤劳与虔诚。孟淳为了表彰重建发起者、参与者功德，写下此碑，记下其功绩，以告后人。

（钱轶滢）

清代版画中的东林山水

重建溪光亭记

〔元〕刘沂

刘沂，字彦潜，河间（今属河北省沧州市）人。元初进士。至元间任襄垣县尹。至正六年十月为儒林郎、湖州路总管府推官。至正十一年十月由国子助教奉议大夫转任秘书监典簿。时人论其文章、政事两方面都有成就。

题记

本文节选自《吴兴金石记》卷十五。溪光亭建设年代较早，后因兵乱被毁。至正年间，湖州重修溪光亭，请刘沂写下这篇文章，刻石立于亭前，歌颂善政。

吴兴为城，苕霅[1]合流，其中相持，而东北震泽[2]受之。其支流经归安县治者为运河，东出迎春门，通苏、秀、常、润诸郡。舟艎鳞集，昼夜不绝。旧负河筑亭，为舣舟之步。榜曰“溪光”，因苕、霅也。

宋开禧间，令郑昭先常修治之。至元兵后，废为民居。泰定中，邑长柏寿始即其基，构屋其上，庳[3]弗称名，不足以尊官，府耸瞻览。至正乙酉六月庚午，郡融风弗戒，遂毁焉。监县蒙速海牙侯曰："吾闻官署必有休息之所，非特事游观，崇觞豆[4]而已。于以导养正性，思补过差，深有资于从政者。况兹亭俯临清流，足以澄神湛虑，开广聪明，体道周流，涤除瑕秽，讵可已乎。"令佐议克合乃征工伐材，作亭四楹，势面虚敞，檐阿跂翼，清深碧驶，来走其下，沉沉无声。楣宇浮动，柁师溪友，棹歌呜橹，往来容与，更轶旧观，遂为吴兴之胜矣。

注释

[1]苕霅：苕溪、霅溪二水的并称。
[2]震泽：太湖。
[3]庳：矮、低洼。
[4]觞豆：古代盛酒肴之具。这里是举行仪式、教化民众的意思。

赏析

本文开头先叙述了原来的溪光亭所处的地理位置以及周边的河流情况，随后介绍溪光亭建设和损毁的过程。又通过官员之口叙述了修缮溪光亭的原因和目的，指出修缮溪光亭的目的就是使人通过游历溪光亭以修身养性、洗涤内心忧虑，达到物我合一的境界。接着叙述了溪光亭重建的过程，并展现出重建后溪光亭边人影浮动、络绎不绝的景象。

全文描写了溪光亭损毁又重建的过程，表达了作者希望为官者一心为百姓创造富足安康生活的思想。

（孟昂昂　黄润楠　王　琛　何生辉）

今日爱山广场墨香坊

观鱼亭记

〔元〕张师古

题记

本文选自《吴兴艺文补》卷二十八。亭记历来在湖州文学史上占据重要地位，此文便是作者为东林观鱼亭所写的文章。叙述东林观鱼亭的兴建始末，又通过观察鱼的动静来议论抒情。

夫鱼之为物，一鳞族之微耳。尝闻其或化而为龙，或变而为鹏。若有变化不测之象者，何其神欤？盖以天地之气有通塞，而万物之生且育于其中者，有动静之殊。而鱼之潜见因之矣。然则鱼之神也，其理不有可窥者耶？

苕溪之南为东林里，有陈翁，号耕隐者，筑室于锦峰之西，有隙地数亩。种桃插柳，有溪凿池蓄鱼。尝请魏人赵彦征作史籀文于楣[1]。

至正庚子，翁馆予于亭上，俾子若孙受业于其中，暇卷帘隐几，鱼咸在目。窃见夫阴飙骇而玄气凝，池水涸而岸沙瘠。潜藏隐伏，莫知所有。当天地闭塞之时，此鱼之所以致静也。又见夫冰雪溃而春涛生，轰雷击而蛰尸启。扬鬣奋鬛，若腾若举。当天地开泰之时，此鱼之所以变动也。要之，动静互为其根。致静者，乃所以为变动之机；变动者，乃所以为致静之地。而造化之显诸，仁者藏诸用，理固然也。

昔人有言：浑身本是先天易[2]，阖眼无非太极图[3]。今于亭而观鱼焉，二气之通塞，万物之动静，而神化之妙，尽在目中。所谓先天易、太极图，固不必他求也。子与二三子朝斯亭也，夕斯亭也。岂徒恣于观览而无得于道理也耶。他日，诸子乘风雷之惊轰，而窃比于九二之见龙[4]，未必不自斯亭得之也，遂书以记之。

注释

[1]籀文于楣：用大篆题写匾额。

[2]先天易：指“伏羲易”。晋干宝：“伏羲之易小成，为先天。”何楷《古周易订诂》引北宋邵雍以伏羲易为先天易，并建立“先天易学”，认为伏羲易是先天地而有，反映自然的本然规律。

[3]太极图：旧时用以说明宇宙现象的图。

[4]九二之见龙：《周易·乾卦》：“九二，见龙在田，利见大人。”龙出现在田野之上，有利于大德被之人出来治事。指大德大才之人，经过潜藏修养之后，其德业普施于世，可以有所作为。

赏析

作者先借用“天地之气有通塞”，万物之生“有动静之殊”来说明鱼的神奇，再叙述隐者陈翁“种桃插柳”“凿池蓄鱼”的闲适生活以及他曾邀魏人赵彦在亭中“征作史籀文于楣”的事。作者将鱼的状态与天地的闭塞、开泰相联系：当天地闭塞之时，鱼会潜藏隐伏起来；当天地开泰之时，鱼会游动。这说明世间万物会根据环境的变化而变化。紧接着引用“浑身本是先天易，阖眼无非太极图”中的“先天易”和“太极图”两个概念，并借观鱼这件事情解释“二气之通塞，万物之动静”皆在自然的玄妙之中。

全文以观鱼亭观鱼为线索，从鱼随着自然环境的变化而变化，以小见大，表明了“天地之气有通塞”，万物有动静变化的道理。

（黄　丽　洪笑笑）

苕溪畔的芦苇

濯缨亭志

〔元〕杨维祯

杨维祯（1296—1370），字廉夫，号铁崖、铁笛道人，又号铁心道人、铁冠道人、铁龙道人、梅花道人等，晚年自号老铁、抱遗老人、东维子。泰定四年（1327）中进士，授天台县尹，因惩治作恶县吏，遭奸吏报复，被免官。元末避乱居富春山，后迁居钱塘（今浙江省杭州市）。至正四年（1344）十一月，湖州长兴蒋氏派人礼聘他赴东湖书院执教。杨维祯在长兴任教的三年时间里，游遍长兴的山水，留下了众多诗文。著作有《丽则遗香》《史义拾遗》《东维子文集》等。

题记　本文选自《吴兴艺文补》卷二十八。

有三客者，会于霅溪之上濯缨之亭，各陈所歌诗，以白所志。一客歌曰："桃花一实三千岁，不识人间汉秦世。溪上渔郎何处来，溪水东流复西逝。"一客歌曰："荷为衣兮薜为裳，饮沆瀣兮餐朝阳[1]。山苍苍兮水泱泱，怀美人兮天一方。"一客歌曰："我所思兮思故人，尧舜[2]之主皋夔[3]臣。箕[4]之颠兮颖之滨，饮牛岂弃巢由[5]民。"又歌曰："凿则圆兮枘则方，尺有所短寸有长。文武之道一弛张，龙伸蠖屈安厥常。"歌阕以质濯缨主人。主人曰："一客之辞，逃世之士所志也。二客之辞，丧君之士之所思也。三客之辞，一隐一显，与时推移之士之所为也。如用之，吾从三也欤！"

三客者退录其辞者，铁崖道人会稽杨维祯。主人者，为中台中丞公吴铎[6]也。

注释

[1]饮沆瀣兮餐朝阳：出自屈原的《远游》“餐六气而饮沆瀣兮，漱正阳而含朝霞”。沆瀣，夜间的水气。

[2]尧舜：尧和舜，传说是上古的贤明君主。后来泛指圣人。

[3]皋夔（kuí）：皋陶和夔的并称。传说皋陶是虞舜时刑官，夔是虞舜时乐官。后常借指贤臣。

[4]箕：箕子，商王文丁的儿子，商周易代之际，曾隐居生活。

[5]巢由：巢父和许由的并称。相传皆为尧时隐士，尧让位于二人，皆不受。指隐居不仕者。

[6]吴铎：抚州崇仁人，元代著名理学家。

赏析

本文叙述了作者游览霅溪，在一座名叫濯缨的亭子里与三位客人各自陈述退隐和入仕的观点，表达自己的人生志向。第一位客人借用陶渊明《桃花源记》的故事，表达想要与世隔绝的退隐决心。第二位客人借用屈原的《离骚》和《远游》，表达想离开当时的政治斗争，在归隐中独善其身。“怀美人兮天一方”抒发希望有一位品行高洁的君主来治理国家。第三位客人提到了大量的明主贤君，表明自己对他们的向往。“凿则圆兮枘则方，尺有所短寸有长”，表明君子要虚心学习，善于变通。后面主人又对三位客人的回答一一做了点评。主人赞同第三位客人的观点，称其所言是一个与时俱进的君子应当做的。最后文章还点明两人的身份，一位是作者杨维祯，另一位是主人吴铎。全书行文流畅，采用大量的典故，表达了对退隐和入仕的看法，并认为屈原超脱世俗、操守高洁的品行正如“濯缨”二字。

（蔡婷婷）

溇港文化风景区内的高新区杨溇村

聚芳亭记

〔元〕陈 遇

陈遇，曾为元代绍兴路儒学正。

题 记

《聚芳亭记》是在元代《聚芳亭图》这幅画上所题的一篇文章。《聚芳亭图》现藏在台北故宫博物院，图为元代郑禧为晟舍闵天福聚芳亭所作。晟舍如今已划归湖州市吴兴区织里镇。

聚芳亭者，晟溪介甫提举游息之所也。其扁则九皋学士之所书也，其他名士吟咏，已成巨轴[1]。其芳之所以聚，与亭之所以名，亦略尽之。顾余芜陋，何足以道万一？

然观其亭之大，仅容数客；其花木不过数品，颇有闲雅幽深之趣。似与骚坛丽制若不相似者，即登亭而望，则翠弁诸毗峨其西，何道诸峰环其西南，洞庭三十六峰迤其北东。其远则参差烟树，若图若画；其近则掩映幽花，如锦如绣。凝眸而视，则纷红骇绿，自献于几席；屏息而坐，则生香异馥，自呈于鼻。观旷而夷，窅[2]而深，一举而兼有之，信乎？

斯亭之能聚芳，而众芳之聚斯亭也，大抵昔人之作亭选胜，必因其自然，其他栽花种柳，出于人为者不与也。而况介甫年高德劭，富而好礼，棣萼[3]联辉，兰桂并秀，风朝月夕，相聚于此亭之上，其聚芳，不翅[4]草木之芳而已也。若其骚人墨客，来游来歌，含英咀华，绘辞绣句，聚草木之芳于笔端之下，播之远而贻之久。使夫人思登此亭而不可得，此又名亭之余意，因书以序其端云。

至正乙未九月日进士都省授绍兴路儒学正亦山陈遇序。

注释

[1] 巨轴：名画。
[2] 窅（yǎo）：喻深远。
[3] 棣萼：比喻兄弟。
[4] 不翅：不止。“翅”，古同“啻”。

赏析

开篇直白点明文章主题，写各地名士十分喜爱去聚芳亭游玩，继而展开对聚芳亭的描写。作者采用了先抑后扬的方式，聚芳亭尽管“仅容数客”，“花木不过数品”，但仍抵不住幽深的趣味，引得一众文人心驰神往，成为他们的一方净土。通过方位描写，烘托出聚芳亭本身高耸的特点；又渲染聚芳亭的风景之美，丰富了文章内容。远观，烟雾缭绕、树木林立，像是一幅神秘幽深的山水画；近看，一团团花丛摄人心魄，芬芳馥郁扑鼻而来。站在聚芳亭里向外观望，既空旷平坦，又幽深渺远。

“聚芳”不只是集在一起的花木，还有一层意思，即很多诗人画家来到这里吟诗作画，将草木的灵性挥于笔下。这些诗画不仅传播广泛，还可传世留芳，这一现象正好应和了“聚芳”这一含义。

（傅诗云　齐　航）

元代《聚芳亭图》局部

蜀山书舍记

〔明〕高启

高启（1336—1374），字季迪，自号青丘子。长洲（今江苏省苏州市）人。高启才华高逸，学问渊博，能文，尤精于诗，与刘基、宋濂并称“明初诗文三大家”，又与杨基、张羽、徐贲被誉为“吴中四杰”。

题记 本文选自《凫藻集》卷一。蜀山书舍是高启的朋友徐贲在吴兴蜀山隐居时所筑。

蜀山书舍者，友人徐君幼文[1]肄[2]学之所也。幼文尝自吴兴以书抵予曰：“吾山在城东若干里，吾屋在山若干楹，吾书在屋若干卷。山虽小而甚美，屋虽朴而粗完，书虽不多而足以备阅。吾将于是卒业焉，子幸为我记之。”

予惟古之君子，所取以成其学者，无常物；所居以致其学者，无常地也。故弁裳之于容，珩瑀[3]之于步，豆笾[4]之于陈，琴瑟之于乐，弓矢车马之于服，度量权衡之于用，凡接于物，皆学也。岂专于六籍之内哉？往于田，入于市，处于户庭，览于山川，立于宗庙朝廷，游于庠序军旅，凡履之地，皆学也。岂限于一室之间哉？后世讲学之道既废，而人之不能然也。有志者，始各占山水之胜，筑庐聚书而读之。虽其所以学之者异乎古，然凡事物之理，与夫群圣贤修己治人之要，实皆不出于书。况安僻阻之区，绝纷嚣之役，得一肆其力于是，则其至于成就，岂不反有易者哉？

今幼文以方壮之齿，有可用之材，而不急进取，益务于学，以求其所未至，岂非有志之士哉？而予也，北郭之野有土，东里之第有书，皆先人之遗也。遭时多艰，芾秽于榛芜，残坏于尘蠹[5]，依依焉日事奔走而不知返，则其荒陋，宜有愧于幼文矣！尚能为是记乎？然而书此而不辞者，盖姑复幼文之请，亦因以自厉焉。

注释

[1]幼文：徐贲，字幼文。南直隶毗陵（今江苏省常州市）人，自号北郭生，与高启等人同被誉为“吴中四杰”。

[2]肄（yì）：学习。

[3]珩瑀（héng yǔ）：《毛传》：“杂佩者，珩、璜、琚、瑀、冲牙之类。”这里指用于佩戴的玉。

[4]笾（biān）：古时祭祀和宴会用以盛干食品的竹器。

[5]尘蠹（dù）：被尘土污染，蠹虫蛀坏。形容陈旧破烂。

赏析

本文首先介绍了朋友徐贲给作者写的书信的部分内容，阐述写这一篇文章的原因：徐贲想邀请作者为他写一篇关于蜀山书舍的文章。作者先表明了学者所学习的事物以及所居住的地方都不是固定不变的这一想法，进而阐述无论是衣着的装饰、行动的节奏，还是度量衡的使用等都是需要学习的，都是知识，而这些内容并不局限在书本中，所以要通过去田中、入集市、在家里、览山川来学习。作者认为学习决不能局限在一个方面，不能放弃学习。在发表完这一看法之后，作者开始称赞徐贲，认为徐贲是一个真正的有志之士。

作者表达的要在实践中学习的思想，在今天仍具有积极意义。

（陈诗倩）

今日蜀山

灵芝亭记

〔明〕陆瑜

陆瑜（1409—1489），字廷玉，号省庵，鄞县（今浙江省宁波市）人。明宣德八年（1433）进士，历任刑部山西司主事、员外郎、郎中、布政使、刑部尚书等职。成化五年（1469）致仕，卒后谥“康僖”。著作有《笑苑》《秋台稿》《薇垣稿》《晚翠稿》等。

题记　文章选自嘉庆《东林山志》卷九。灵芝亭为山中一亭。

凡物之异于常者，其生不易，其质不凡，若草木中之芝焉。芝之为物，非土地和气之所钟，王者慈仁之所致，虽旷世之久，则弗克[1]有生之矣。

吴兴为浙右郡，名山大川，在在[2]有之。距治四十五里，有东林之贝锦峰最为殊胜。峰半青壁斗绝，其下灵芝迭出，形色不一。黄者如紫金，青者如翠羽。而赤而白而黝而彤，三秀[3]含奇，九茎[4]呈瑞。或如龙凤，或如仙释，或如灵禽，或如异兽。觏其茂则蝉联相辉，搜其根则蹄股交峙。盘错焜煌，扬芳符兆。于是居人抵其所者，或掇其英，或捋其茎，靡有不副其愿，乃作亭其上以纪瑞。夫以一草之微，犹感土地之至和，沐王者之慈仁，而有特异之产。人之居于是者，其有不孕灵毓秀而拔出于等夷之外者乎？

若宋之尚书右仆射何栗，礼部尚书倪思，资善大夫、常州路总管、秦国忠毅公宗政之四世孙孟淳，皆其尤于爵者也。余之登进士第而出者，则有倪氏之称、之惠、之恕、之愿、之祖醇，沈氏之偕、之长卿，而陆氏之元光焉。若夫中贤良方正孝廉、博学宏词等科，殆不可以殚述。且皆循良可称道隐者。又皆有士行，如偕之父思，乐其土之美，自震泽而迁焉，号曰东老。熙宁元年，吕洞宾过其家，饮别间，劈席上榴皮，题诗于壁曰："西邻已富忧不足，东老虽贫乐有余，白酒酿成缘好客，黄金散尽为收书。"不知其何所指，而世多指为陈，未尝征之，乌乎知之，然陈氏政不借此重也。在国朝，有起荐贤良而授承事郎、提举南京广积库曰元吉者，有举税户、知福建之延平、尤溪曰公礼者，有应济民义之诏输谷二千斛而不荣膺官爵曰公祚者，有拜正七品秩阶曰廷瓛、曰晟、曰政者，其世德最悠远也。

成化丙申，政慨念前人作亭废久，实于是年之秋，命其子忱复筑焉。以石为之，幅员可寻者过半，昂亦如之。以绳前人纪瑞之盛心。直亭之北，清溪澄练，如玉带环绕，可以眺望。其西万松偃盖，连于壑谷，莫究其极。自下而望，则合乎攒峦，与山无穷。明日，里之耋耄杂然而进曰："吾侪艺于斯，老于斯，庞眉鲵齿[5]，未有见其有能为此者。今我公为之，非遗德以为民望欤？既贺，愿有复。"公曰："登跻于此者，春秋载道，特作此以起废，使无坠前人之绪耳，恶用德为哉！"耄耋又言曰："懿夫公之不自以为德也，然而有道之士，咸愿推公之嘉绩，永洽于乡党，敢颂休声，祝公于明神，敢颂恒德，祝公受遐福。道合于古，自天祐之，野夫献辞，公寿无期。”

予嘉其有得于人之欢心，故笔其事。

成化十二年重阳日，赐进士第资德大夫正治上卿、刑部尚书致仕东鄞陆瑜撰。

注释

［1］克：能够。

［2］在在：处处，各方面。

［3］三秀：灵芝草的别名。

［4］九茎：指芝草。

［5］庞眉鲵齿：庞眉，眉毛黑白杂色，形容老貌；鲵齿，老人更生的细齿，借指长寿。这里是形容老人的样貌。

赏析

文章从东林山产灵芝写起，民众因灵芝受益，就建起灵芝亭。然后写这里居住的人，都灵秀俊逸，仕途上颇有建树，并列举了大量的当地政治名人。最后描述在重修后的灵芝亭所见的如画美景。文末通过对话引入议论，由景及人，赞誉了重修此亭的地方官。

（吴旻言　赵羚含）

王蒙《青卞隐居图》（局部）

竹深园记

〔明〕史琳

史琳（1438—1506），字天瑞，一作元瑞，浙江余姚（今浙江省余姚市）人。明成化二年（1466）进士。弘治中官至右都御史。史琳博闻多艺，书、画俱佳，尤工墨竹。有求书画者，无论贵贱，皆欣然应之。

题记　本文选自清代同治《晟舍镇志》卷七。吴兴闵氏，根据该家族家谱记载，本为鲁人，南宋时期随赵宋皇室扈跸临安，又迁居吴兴晟溪之东。闵家传至明代闵珪时，始大盛。闵珪曾任刑部尚书，他的父亲别号竹深。

竹深，乃少保闵公、孺山闵公[1]尊翁[2]诰赠荣禄大夫太子太保刑部尚书闵公之别号。

公家世饶裕，倜傥好士。于家之北辟地为园，植竹千余竿，叠石为山，构木为亭，扁曰“竹深”，因以为号。日与贤士大夫觞咏于其间，为朝夕乐。后室赠一品夫人严氏弃养[3]，公叹曰：“葬贵得安，何必择风水？在主人方寸间耳。今竹亭近家，便于祭扫，且山水四面环绕有情，风气所聚，亦胜地也。”遂毁亭为茔。竹之存者无几。后公卒，合葬焉。敕建享堂，傍植松柏，而竹不复能容矣。

孺山公追慕先德，抑恐后迷所自，命予写图识之。予惟人之子事亲之心，固无穷也。孺山公于亲之存也尽其孝，及其殁也尽其思。又蒙天恩追赠其三代，公之事亲，其可谓至矣。兹追念其亲之音容，慨竹深之亭不可得而睹也。所可见者，马鬣[4]之封，松柏拱焉。春雨秋霜，徒兴悲感。今是图也，虽非当时之境况，其清泉白石，无异苕溪，而绿竹之丛生，何啻数千竿？诚所谓竹之深处也。公暇展是图而玩之，宁不睹此忆彼，而有感于心乎？孟子曰："大孝，终生慕父母。"

我于公见之图成，因赘喙以复，未知公以为何如？

注释

[1] 闵公：闵珪（1430—1511），字朝瑛，湖州府乌程县（今浙江省湖州市）人，明朝中期名臣。

[2] 尊翁：对他人父亲的敬称。

[3] 弃养：父母死亡，子女不得奉养。亦泛指长者死亡。

[4] 马鬣：坟墓封土的一种形状，亦指坟墓。

赏析

文章先介绍了竹深公名号的来历，然后介绍竹深园毁废的原因。孺山公追慕先德，便让作者作图纪念。作者将心比心，感其侍奉双亲之心，感慨孺山公在双亲在的时候能够尽孝，在双亲去世后又能够追思，其孝敬侍奉双亲之心值得称道，于是绘《竹深园》图，又作文记录此事。

文章叙议结合，字里行间流露质朴真情。

（朱雅婷）

溇港文化风景区内的古村义皋美景

行乐处记

〔明〕孙宾卿

孙宾卿，浙江慈溪人，明代成化年间人士。与湖州陈宗璇因筑山相交，成为好友。

题记

文章节选自嘉庆《东林山志》卷十。陈宗璇在东林为了游玩休憩建造了几间屋子，周围环境颇好。在东林游乐的日子安逸且充满乐趣。孙宾卿认为人的生命十分短暂，世事也变幻无常，我们能做的是在有限的时间里及时行乐。

行乐处者，吴兴之东林。陈君宗璇构屋数楹，以为游息之所也。成化六年庚寅春，筑一山于屋之南，周围仅半亩许。高不过寻，下甃一池，宽不逾仞。其危峰险石，屼嵂[1]舛[2]错，百怪纷出。所谓蓬莱顶、桃源洞、昆仑顶、匡庐峰，靡不奇异焉。仙花名卉，随其所宜以树之，香气袭人，四时长春，俨乎仙家境界，而不知人间之有秋也。宗璇曰："于此乎，对花以娱目，面水以清心。"或烹肴洁觞，以乐其父兄故旧之心，或焚香鼓琴，以泻其高山流水之趣，或披鹤氅，或戴纶巾。履巉岩而坐幽壑，盘崖转磴[3]，有不知丹霞彩云之满襟袖；枕清流而漱白石，洗耳砺[4]齿，又不使流滑柔脆之诱志操。采山以茹，而灵芝瑞草杂然而前罗，钓水以食，而金鲤嘉鱼跃然而鳞起，放浪啸傲，惟意之适，殆真所谓行乐处也。

注释

[1] 嵂（lǜ）：山高峻的样子。
[2] 舛（chuǎn）：错乱，不正确。这里指参差不齐的样子。
[3] 磴（dèng）：石头台阶。
[4] 砺（lì）：磨。

赏析

本文描述了陈宗璇在湖州东林建造的一座大约半亩的游乐之处。该处有假山，山下有水池，山峰有蓬莱顶、桃源洞、昆仑顶、匡庐峰等，山上又种植各种花卉。游乐时面水清心，对花娱目，非常惬意。作者由衷地称赞其为“行乐处”。

（马柔依　陈　杨）

游道场山记

〔明〕都穆

都穆（1458—1525），字玄敬，号南濠先生。吴县（今江苏省苏州市）人。弘治十二年（1499）进士，授工部主事，官至礼部郎中。著作有《金薤琳琅》《南濠诗话》等。

题记　文章选自《游名山记》卷十。明弘治《湖州府志》载吴兴道场山“峰峦秀郁，水石森爽，舒为吴兴绝佳，古今游览者皆萃焉”。这是作者游道场山后写的游览记文。

予至吴兴之三日，郡太守同年[1]吕君文郁招予为道场之游。同游者前四川参议郡人王君兰之，亦同年也。舟出郡南门三里，舍舟入岘山寺，登藏经阁啜茗。出西行，即抵岘山。

山本名显，其曰岘者，避唐讳也。上有石坡陀，积流滚石，岁久洼然，俨如尊形。唐别驾李适之[2]尝筑亭其上，名曰洼尊，今废。颜鲁公刺州，日与客陆羽、吴筠及诗僧皎然辈同游，有石尊联句。苏文忠公守郡，亦有登岘山亭诗。吕君谓予曰：僧房有竹，共往观焉。已而饮浮碧亭。亭据碧浪湖之胜。其左下篁草蒙翳，予命僧剪除之，湖之全体，始呈亭后。有碑，乃予友刘元瑞所作亭记。泛碧浪湖，夹岸之山，远近起伏，苍翠欲滴，而湖水如玉，每风生浪涌，色尤可爱。昔之人称吴兴山水清远，为天下第一，殆指此耶。

南行二里，经浮玉山。郡之山有两浮玉，其一在孝丰县东南十五里，名大浮玉，此则小浮玉也。山特一巨石，赵子昂谓其不以水之盈缩而为低昂。时值梅雨，石几没其顶，予笑谓其二君曰："浮玉今不浮矣。"又七里，抵道场浜。肩舆西行里许，即道场山也。上山六百步，经啸月亭故址，又上四百余步，有老屋三楹，榜曰伏虎道场。洪武初，郡太守襄阳楚岳笔也。盖此山自昔多虎，《郡志》谓唐有僧如讷者，过山中，坐盘石上，虎伏其侧，三宿不去。讷遂结庵居之，人因名其处曰伏虎岩。楚公之题榜者此也。

西北而上百十二步，有金刚殿。折而北，经万佛阁。阁左右钟鼓楼仅存其址。度石梁其下为放生池。登释迦佛殿，东北曰一勺泉。北二池曰万工，曰瑶席。瑶席云者，取苏文忠诗"屋底清池照瑶席"语也。南上几二百步，经华光楼，其西即所谓伏虎岩。百三十步，至仰高亭。又上至息肩亭小憩。久之，自此至望湖亭，太湖在目，群峰环之，亦登临之佳处也。

又上百步，有华光殿，其后阁雄据山颠，惜已破弊。亭间僧阁奚名？僧云此华光阁也。予曰：山之楼殿既名华光，不应此名复。同欲吕君易之再询之人，则云阁名云峰，此亦可见僧之愚矣。遂相与一笑。阁之东有浮屠七成，成化间毁于雷火，今唯存其中之石。

道场山多宝塔及万寿寺

忽阴云四兴，雨随至。小酌僧室，雨霁，移席望湖亭痛饮。下山将半，予题名石上，回至南门，民舍已张灯矣。

注释

[1] 同年：科举时代称同榜或同一年考中者。
[2] 李适之：唐太宗李世民曾孙，曾任湖州别驾。

赏析

这是一篇山水游记，主要写了作者与友人去道场山游玩路上的所见、所闻、所感。作者按照游览顺序来记录道场山之行。途中经过岘山，简要描写了岘山的景色。文章描述岘山的来历和其与历史名人的关系，表现岘山的魅力。具体景物描写从岘山的浮碧亭写起，亭所在位置是碧浪湖景色最美的地方，四周湖水清澈，两岸的山“远近起伏，苍翠欲滴”。穿过浮玉山和道场浜，就到了目的地道场山。作者交代了道场山“伏虎道场”的来历，详细描写了道场山内寺庙的景色以及各种建筑位置。最后以给道场山上一个“雄据山颠，惜已破弊”的僧阁取名之事来结尾。

文章为当代人了解道场山历史景观的文化底蕴留下了宝贵的文献资料。

（杨欣然　杨　璐　张佳辰）

岘山逸老堂记

〔明〕刘麟

刘麟（1475—1561），字元瑞，号南坦，江西安仁（今江西省余江县）人，弘治九年（1496）进士，官至工部尚书。致仕后隐居湖州。他曾与姻亲吴琉及孙一元、龙霓等人在湖州结“湖南崇雅社”，又与顾应祥、韦商臣、唐枢等结“岘山逸老社”，诗酒唱和。有《刘清惠集》。

题记

文章选自《刘清惠集》卷七。明代吴兴退职官员结为“岘山逸老社”，结社之风前后历几十年，以刘麟倡结的“苕溪五隐社”为发端。“岘山逸老社”得名于嘉靖时逸老堂建成之后。从“苕溪五隐社”到“湖南崇雅社”再至嘉靖末年“岘山逸老社”，刘麟一直是重要成员。时岘山逸老社成员众多，在地方上声势浩大，影响深远。这是当时刘麟应约而写的记文。

吴兴山水清远闻天下。郡城南三里，众泽所会曰碧浪湖。迤西二小山，曰岘山，曰浮玉，在湖之湄。岘山旧有洼尊、浮碧二亭，颜鲁公、苏文忠、黄忠文三贤祠焉。郡城蹲据弁山，三川五寝，布护其北；天目诸峰，会萃其南。其陂塘沼渚，循而下者渐广，诸山旋绕者渐伏。道场、车盖二山，又南扼诸水，导漾其中，凡五折而至。以故山在湖后者，曰前山。岘山、浮玉，据诸要会而蹲踞焉，呈奇献秀于桑麻万井之中，潜灵浮玉一拳石之间，有吞吐清远之象。造物之所珍秘，若待贤而彰也。社人游焉，曰弛厥张，或攀依岩谷，流憩曲房，或荡漾洲渚，言采其芳。非鹄起而立，则雁序而行。矫首云物，倾耳沧浪，以时共酌，各赋所长。虽仁智之乐靡同，而雨泽相丽或适。其常病可愈，忧可忘，世可遗，老可康。一社而去，每社不忘。匪湖之深，匪山之高，以松以乔，吾人之遭。

嘉靖二十六年春，三月二十有六日戊申，实社人之八会也。别驾楚东汤公[1]、节推箕谷冯公作堂，以处吾人，大书“逸老”，颜之堂楣。是日，登饮成事。翼日，我斋[2]吴翁率众张筵执爵，为对酒数行，乃扬言曰：“二公克念吾党恢弘如此，前所未有。俾我社人上拟香山、洛社，甚盛心也，恐不可无述。”偕一庵秋官唐子十有二人揖余，使之记事。麟谢不敏。我斋应声曰：“昔者甘泉吴子创为雅社，子实相之。今二十余年，始在之人，惟子独存，子又何言？”麟乃敬诺。楚东爰率其属暨社人，陟降[3]岩壑，周视历览。自堂徂亭，靡所不到。逸老堂乃在三贤祠上堂隅，右折而升，得岩突可台，迴出堂背，端临浮玉，题曰“朋寿”。登台俯视浮玉山，若砥柱之在洪河。巡檐平眺，东寝南漾，皆逾冈越阜，可见光若鉴空，浮动于屏障之间。所谓清者远者，兹亭皆俯而有。吾社人深幸其有遭也。斯堂之役，始孟春望，终仲春晦，凡四十有五日告成。麟乃退而寻源讨流，得一庵唐子[4]之疏。其略曰：“以春秋二社为期，当事者治具。先期而到，次日乃已。并用燕服，众寡不拘，先后绎来，出入随意。供具不华止，折简不邀，长揖不拜，论说不哗，陶情不醉，盟神不祷。”再考箬溪[5]中丞顾子《诗纪》，曰：“第一会，岁癸卯，秋社始会，期而入者某某，不期而入者某某。”是会，实逸老为会之始。张石川[6]会毕而归，得宋耆英会文潞公[7]等十有三人图像，作书遗麟。今石庵宫保蒋公等，亦十有三人，可以不愧前修。夷轩[8]于白石[9]，见乔梓之岩焉；苕溪[10]于石岐[11]，见二难之具焉；一庵于浔阳[12]，见授受之真焉。石川又自谓，于诸老在朋友金兰之笃焉。楚东箕谷延赏褒嘉，开堂表俗，大书特书，记之金石，以垂永永。儒术治范，可以仰继坡翁、梅溪。令德显显，上下辉映，皆洛社之所未备也。又云：“文璐公、王宣徽并以留守，预求入会，犹今日浔阳、白石之例。”亹亹[13]千余言，为斯社贺。麟诵之，潜以为忧。夫社义惟神，社日惟戊，其制二十五家王者笃近乃社，务民义乃社，知幽明之故乃社。生民依依，其端甚小，举一社而天下皆然，是合天下而社，然后渐大。今社必缙绅，会必歌咏，休声四达，洋洋濯濯，邻境毕至，不已泰乎？或不若二十五家之约也。遡厥大猷，惟一庵唐子能约情于人已之间，劼力于老壮之际，矢事同心，起而盟社。是类族辨物，与道偕行矣。石庵[14]诸老，后先毕集，履信思顺，得非中正而应乎？独处亨忘戒，或非君子之贞，是以忧之。吾闻道贵有终，文忌太著。同社之人，合损有余以补不足，庶几夙夜以永终誉。昔在甘泉吴子[15]忧之，其约曰：“斯社之兴，将以淑仪寡过。义求其备，吕氏[16]蓝田有约；交欲寡尤，范氏[17]座右有戒。是以当时之会，莫敢不恒其德。今先生岿然庙食可考也，岂不以私会四伦、百行攸关？先生特加之意，吾人因其言，广其义，益求古训，更相劝勉。又推而上之，黜华靡，崇雅笃，使天下知名教有地，此世此人此社，则此山此湖多矣乎，有遭于我也。”我斋闻之，喜曰：“审如子言。”斯社将与国社并永，石川之贺子何忧乎。吕约、范戒，犹此堂之有门，有基，必揭之以告同盟。社人名号爵里，则书于下，仍虚其半，以俟来者。呈之二公，曰：“黄发雍雍，风教烈烈，惟某之作，亦某之责。”悉书于石。

注释

[1]楚东汤公：指湖州府通判的汤世贤。
[2]我斋：指吴廉（1472—1550），字介夫，号我斋。
[3]陟降：上下、升降。
[4]一庵唐子：指唐枢（1497—1574），字惟中，号子一，又号一庵。
[5]箬溪：指顾应祥（1483—1565），字惟贤，号箬溪。
[6]张石川：指张寰（1486—1581），字允清，号石川。
[7]文潞公：指宋初的文彦博。
[8]夷轩：指蔡玘（1495—1555），字玉卿，号夷轩，蔡麒次子。
[9]白石：指蔡汝楠（1516—1565），号白石。
[10]苕溪：指吴麟，字允祥，号苕溪。
[11]石岐：指吴龙，号石岐，归安（今浙江省湖州市）人，嘉靖五年（1526）进士。
[12]浔阳：指董份（1510—1595），字用均，号浔阳山人。
[13]亹（wěi）亹：形容孜孜不倦。
[14]石庵：指蒋瑶（1469—1557），字粹卿，号石庵。
[15]甘泉吴子：指吴珑，字汝秀，自号甘泉子，长兴人。
[16]吕氏：指宋初“蓝田四吕”吕大忠、吕大钧、吕大临、吕大防。他们制订和实施了《吕氏乡约》。这是中国历史上最早的成文乡约。
[17]范氏：指范仲淹。范氏有“先天下之忧而忧，后天下之乐而乐”的座右铭。

赏析

文章开头赞美了吴兴一带的湖光山色，并交代了著名景点碧浪湖、岘山、浮玉山、洼尊亭、浮碧亭、三贤祠、天目峰、道场山的地理位置，自豪之情溢于言表。然后叙述湖州知府汤世贤参与逸老堂第八次聚会的情形。这次会后第二天，吴廉和唐枢等十二位参会者请刘麟撰写一篇文章，记述逸老堂盛会。于是刘麟记录逸老堂的缘起，介绍岘山逸老堂建筑及其地理位置，当时参与此会的人的议论和大家的兴致所在。他们追溯唐代、宋代贤人的雅集聚会，由此制订社约，规定了聚会的一些规范："淑仪寡过""义求其备，吕氏蓝田有约；交欲寡尤，范氏座右有戒"。他们追慕的是前人的风范，渴望从交游中获得升华，"黜华靡，崇雅笃，使天下知名教有地"，也希望对地方文化积淀有所贡献。这种思想至今仍有很大的教育意义。

全文行文流畅，细节处理细腻，将美景描绘、叙事和议论融为一体。

（何　欣　郭雨彤　蔡卓男）

今日潜山

眺远亭碑记

〔明〕顾应祥

顾应祥（1483—1565），字惟贤，号箬溪，长兴（今浙江省长兴县）人，弘治十八年（1505）进士，授饶州府推官。桃源洞农民军掠乐平令以去，顾应祥单身入其营解救人质，此事轰动一时。后入京为锦衣卫经历，出广东按察佥事兼岭东道，平定农民起义、驱逐海盗，半年间三战三捷。宸濠乱定，移为江西副使，分巡南昌，奔母丧家居多年，再起原任。嘉靖庚戌升刑部尚书，癸丑致仕。家居间与刘麟、蒋瑶等结文酒社，徜徉岘山间。顾应祥的著述庞杂深邃，举凡经学、数学、历史、地志、世谱、奏议等皆有所成就。

题记　眺远亭原在东林山之南侧，初建于嘉靖二十一年（1542），由湖州前邱人吴龙出资兴建。万历八年（1580）遭雷击而毁。

去湖城南二舍许，有山曰东林。世传回仙显迹之所，好事者每春和则载酒以游，盖胜地也。山之巅曰贝锦峰，峰顶为锦峰塔院。由院门折而东数武[1]，有隙地，下临深崖。游客过从，必延伫眺望。余姻友前邱吴九渊子顾而乐之，曰是不可不亭。乃命匠氏伐石柱四，为亭一。区额曰“眺远”。

岁壬寅，余偶适前邱，九渊子邀余而登也。时秋雨方霁，天光澄澈，望埭溪、武康、德清诸山自西南而来，踊跃环列；东南则敢山，直东则寒山，而小灵山一点在苍莽中，适与亭对。其东北巍然而高者曰长超山；西北则金盖山、横山、感山、菁山。若拱若揖，障于下流，俯视平原，沃野万顷。高者皆桑壤，低者皆菑畲[2]。清溪萦回，横直相间，若界画然。溪之外为落舍漾、清水漾，风帆往来，菰蒲交映，滩鹈鸬鹚，或上或下。举东林之胜，一日而尽之矣。昔人谓吴兴山水清远，岂不信然也哉。

余尝谓人之情感物而易动者，惟目为先。目有所适，心亦随之。故夫见沧海则起望洋之思，登岱华则有凌虚之想，过严滩则有忘世长往之心，适武夷、天台则有羽化脱尘之念。所感之异故也。今诸山在平原旷野之中，无深林大麓、排空插汉之势，然皆端静闲散、舒徐自得，有隐君子之风。水皆渟滀澄清，无崩腾激射之患。又有似乎智者之善藏其用不露圭角者。余于是深有感焉，《传》曰：仁者乐山，知者乐水。兹亭一登而仁智之机油然以生，又岂直[3]为骚人墨士供骋望而已乎？

九渊谓余：宜有言纪诸石，以俾勿坏。余遂书之。九渊名龙，为南京太仆簿，终养于家。

嘉靖二十一年八月既望赐进士出身嘉议大夫、都察院右副都御史箬溪顾应祥撰。

题记

[1]武：古以六尺为步，半步为武。
[2]菑畬（zī shē）：耕耘，这里指种植庄稼。
[3]直：同“只”。

注释

文章开始叙述修建眺远亭的缘起及亭的地理位置。接着写自己登临眺远亭的所见：秋高气爽之时，向西南可以望到埭溪、武康、德清等很多山脉；东南方向可以看到敢山、寒山、小灵山；向东北可以看到长超山；向西北则看到金盖山、横山、感山、菁山；俯视可见河流以及田野，高的地方种植桑树，低地多是种植庄稼。苕溪水静静流淌，纵横交错，使人如同置身画中。溪流之外，还有洛舍漾、清水漾，船在其中往来，飞鸟在菰蒲间穿梭，一脉美景。随后作者笔锋一转，从《论语》中的“仁者乐山，知者乐水”引发议论，指出这里不应仅是文人墨客登高远眺的地方；登临此山，“仁智之机油然以生”，言外之意，是指这里应该成为一处公众都可以观览的风景名胜。文章至此，戛然而止，不尽之意，尽在言外。

文章情景交融，抒发了观览美景、与民同乐的豁达情怀。

（陶洪宇　李　旭）

太湖帆影

盟鸥馆记

〔明〕文 嘉

文嘉（1501—1583），字休承，号文水，南直隶苏州府长洲（今江苏省苏州市）人。大书画家文徵明次子。吴门画派代表画家。能诗，工书，小楷清劲，亦善行书。精于鉴别古书画，工石刻，为明一代之冠。

题记

凌次泉在晟溪建造盟鸥馆以寄托情思，并请文嘉为盟瓯馆写了一篇文章来记录。文嘉对盟鸥馆做出了评价，肯定了凌君建造这个馆的初衷，并表达了赞赏之情。

盟鸥馆者，光禄[1]次泉凌君所新筑也。光禄，一日遇吴，诣予请记之，予曰：“昔吴兴赵文敏[2]公构亭‘水精宫’，旁名曰‘鸥波’，盖取少陵诗曰‘白鸥波浩荡，万里谁能驯[3]’之意也。君岂同之乎？”光禄谢曰：“否。盖吾凌氏世居晟溪，耕读之余，思得清逸之区，以寄遐抱。而吾里居之后，湖溪交汇，浦溆周遭，沙渚联络，其出没隐见于波涛之中者，殆不可胜穷，而道场、青、弁、何、岘诸山，远近环列，或起或伏，效奇呈巧，咸会于目前。昔尝有建水霞楼，以揽结其胜者，吾以为未尽也。盖清漪满目，红霞在波，惟晚景耳。而四时之不同者，岂能毕集于是？筑馆其旁，而馆之旁外，又有‘水云居’‘翠雨奥’‘玉芝室’‘露华台’‘白雪窝’，以为之翊[4]。而水之崖又有‘乐鱼矶’者，则以寓兴鱼鸟也。吾于眺览之余，遥见白鸥冉冉而下，有会予心，因目之曰‘盟鸥馆’者，不惟濯缨涤烦[5]，以寄高踪于寂寞之滨者，得以自适，而宾至如归，亦得徘徊容与，以释其冲襟旷抱。故欲记之，岂敢与赵公比胜乎？”

予曰：“是亦何足让也。”盖宜趣夙抱，必得长津阔远，以适其趣。夫鸥波在城闉[6]之中，其及也有限。盟鸥在晟溪，去城三十里。澹翠浅绿，一望无际，固亦何愧于鸥波哉？虽然，地固胜矣，今光禄将遄[7]往，以用于时，他日返初，则馆之胜，庶几得全？不然吾恐其盟之寒也。聊书此以订之，时万历癸酉九月。

注释

[1]光禄：官名。明光禄大夫，为从一品。
[2]赵文敏：指赵孟頫。赵去世后谥号为“文敏”。
[3]白鸥波浩荡，万里谁能驯：出自杜甫的《奉赠韦左丞丈二十二韵》。
[4]翊(yì)：辅佐。
[5]濯缨涤烦：洗濯冠缨，洗净烦恼。
[6]城闉(yīn)：城内重门。亦泛指城郭。
[7]遄：快，迅速。

赏析

本文先介绍盟鸥馆是凌次泉新建造的地方。然后写作者为盟鸥馆写这篇记是因为凌君所托的。谈起盟鸥馆的名字时，作者想到了赵孟頫的水精宫和杜甫的诗，然而凌君却表示否定：不敢与赵孟頫的水精宫相比，只是因为常年居住晟溪，在读书之余想要建造一处清幽之地，来寄托心中的美好愿望。这里风景美丽，群山环绕，又有很多有名的景致，有白鸥在此处嬉戏，能够在忧愁之时来这里洗涤心灵，寄托美好的情思，故取名盟鸥馆。但在作者看来，能够将兴趣寄托在实物之中，并建造了这样一座馆，就是付出了实际行动。这与赵孟頫建造水精宫的情感没有任何区别，同时也无愧于“鸥波”这个称呼。最后作者对于凌氏马上要去上任感到遗憾，认为荒废了这大好风景。

全文写了盟鸥馆这个名字的来源和馆中美丽的风景，并点出了凌次泉的志向情趣，表达了对盟鸥馆和凌君的赞赏之情。

（陈玲珑）

湖州老虎潭水库美景

菰城草堂记

〔明〕袁袠

袁袠（1502—1547），字永之，号胥台山人，苏州府吴县（今江苏省苏州市）人。五岁知书，七岁赋诗有奇语，廿四岁乡试解元，嘉靖七年（1528）进士，后任兵部武选司主事。因得罪张璁，恰逢仓库失火，被谪戍湖州。后来虽然被再次起用，也只是任如主事、佥事之类的小官，遂引疾归。袁袠诗文俊爽，有《胥台集》。

题记　文章选自《胥台集》。吴兴菰城山川优美，地理环境优越，曾是春申君黄歇的屯兵之地。后孙将军在此建“菰城草堂”，纵情欢乐，放歌纵酒，又命袁袠为之写下这篇文章。

菰城草堂者，孙将军之别业也。出湖南城门，由碧浪湖缘溪而入，崇冈秀岭，左环右拱，汇以清流，包以广坟，溪多蒹苇、菰蒲之类，故曰“菰城”。

《郡志》载：“春申君屯兵其地，累土为冈，势若城郭，四门排豁、营垒分列。”城之阴多高山复重，其下多良田沃壤、肥桑美箭[1]，树木荟蔚[2]、陵衍[3]陂陀[4]；登览之奇、蚕稼之利、土风之美、居民之淳，殆湖之武陵、辋川也。

孙君因城筑室，疆地疏池。夏则芙蕖献芳，秋则桂橘呈秀。图史充室，觞斝[5]在房，暇则征宾张宴、酣娱终日，乃命其堂曰"菰城草堂"，而属[6]余为之记。

注释

[1]美箭：美竹。
[2]荟蔚：草木繁盛貌。
[3]陵衍：平广的丘陵地带。
[4]陂陀：倾斜不平。
[5]觞斝（shāng jiǎ）：意思是酒器。斝，古代温酒器。
[6]属：同"嘱"。

赏析

本文先叙述了菰城草堂所处的位置以及周围优美的风景。菰城草堂是孙将军名下的一处别院，出湖州城南门，从碧浪湖沿着河流而入，崇山峻岭，群山环绕，河流汇集于此，周围有大的坟墓，河中多蒹苇、菰蒲，所以被叫作"菰城"。然后列举史料来证明湖州山川优美、地理环境优越。湖州曾是黄歇的屯兵之地，周围高峻的山就像雄伟的城墙；四个方向都有屏障，营垒分而列之。山川连绵，城市多建造在山的阴面；山谷土地肥沃，桑树和美竹等草木繁盛。山景奇特、蚕稼便利、民风美好、百姓淳朴，这大概就是湖州的武陵、辋川吧！孙将军为修筑草堂占据田地，疏通了池道。这里夏天芙蕖飘香，秋天桂橘烂漫，书籍满室，酒杯在旁，主人空暇时则邀宾客终日放歌纵酒，并将它命名为"菰城草堂"。

全文遣词造句优美，语言清新，描写了菰城草堂的基本情况及周围风景的优美，表达了作者对湖州山水风光的赞美之情。

（谢卓媛）

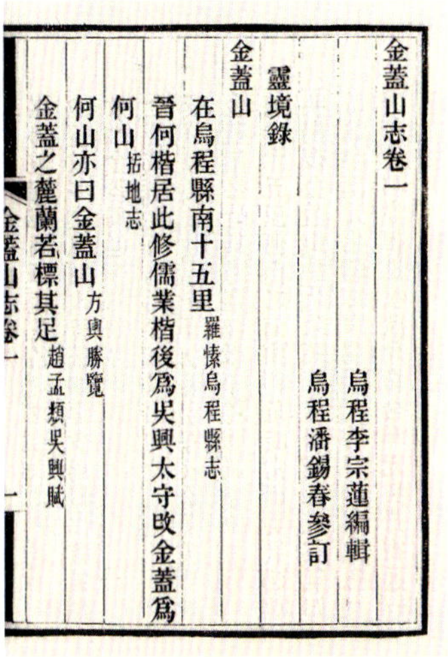
金蓋山志卷一

烏程李宗蓮編輯
烏程潘錫春參訂

靈境錄

金蓋山

在烏程縣南十五里 羅愫烏程縣志

晉何楷居此修儒業楷後爲吳興太守改金蓋爲何山 括地志

何山亦曰金蓋山 方輿勝覽

金蓋之麓蘭若標其足 趙孟頫吳興賦

金蓋山志卷一

一

清代学者李宗莲纂《金盖山志》书影及其中的《古梅花观图》

南门修城记略

〔明〕闵如霖

闵如霖（1502—1559），字师望，号午塘，浙江湖州织里镇晟舍人，闵珪从孙，嘉靖十一年（1532）进士，累官至南京礼部尚书，赠太子太保，致仕。才名颇盛一时。有《午塘集》十六卷。

题记 文章选自乾隆《乌程县志》卷一，记录了湖州知府李敏德上任之后的修城之事。

湖州知府潞南李公之来，既逾月，理甚无事。登城周望，曰："嗟乎！湖之为郡，山川阛阓[1]，清远殷赈[2]，而其城若此，弗称，吾其可以已乎。"乃召其僚属而谋之。鸠工庀材[3]，增高培薄[4]，创筑箭台五十有二。其南北水门庳而圮[5]，南受百川之汇，舳舻往来，尤为要冲。公檄归安知县李子任其北，乌程知县蒋子任其南。蒋子奉公区画，朝夕匪懈。夹城而堤，庳以百车，涸其深渊，化为平陆。乃下巨木以负贞石，洞开三门，厚加于旧寻有四尺，高加三尺。上建二亭，凡用金三千五百有奇，而公实捐俸以助之。工肇于嘉靖丙辰十月二十日，迄于戊午三月二十日。乃镵二石于亭中，属予记其事。公讳敏德，同知刘君凤、通判左君文麟、蔡君芝、杨君睿，推官吴君朝仪、蒋子宏德、李子从教，凡有事于兹役法当书者，列于右亭之石。

注释

[1] 阛阓（huán huì）：街市，街道。
[2] 殷赈：丰饶，富足。
[3] 鸠工庀材：招集工匠，准备材料。
[4] 增高培薄：填土使地势低下的增高，使基础薄弱的坚厚。
[5] 庳而圮：庳，低洼；圮，毁坏，倒塌。

赏析

本文叙述了湖州知府李敏德上任后修筑城墙的事件。他上任之后一个多月没有什么事，登上湖州城四处望，并说："啊！湖州山川连绵，清静富饶，但是城墙这样，不相称啊。"于是招集工匠，准备材料，填土使地势低下的增高，使基础薄弱的坚厚，修筑建筑、箭台五十二座。湖州的南边汇集了很多河流，船只往来，是重要的交通枢纽。知府下文任命归安知县负责城墙北面建筑，乌程知县负责城墙南面建筑。又修建了两座亭子，总共用了三千五百多两银子，其中部分来自知府捐俸。

全文语言质朴，真实地记录了明代湖州修建城池的经过。

（谢卓媛）

湖州康山

游岘山记

〔明〕朱长春

朱长春，字太复，号海瀛先生，又号符道人，乌程（今浙江省湖州市）人，明万历十一年（1583）进士，历任尉城、常熟、阳信三县知县，刑部主事等。

题记　文章选自《古今图书集成》卷一百十。明代文学复古思潮盛行，诗人携酒在湖州府乌程县南二里的岘山会友。一行人在山水风流之美中，畅饮阔谈，一同游览岘山美景，借古鉴今，借山水之景抒发对复古文学主张的肯定和支持。

湖州诸山，三面迤委赴城。其城南半里则岘山[1]，旧显山也。独近诸山，屏障曾峨。岘山数百武，历其臯形如丸，又独小。下枕碧浪湖，则余不、前溪二水西南来，数百里合流，当山而渟一区，清若鉴焉，亦云岘山溪。溪中有石如洲，如眠牛。四周水环略亭，四时水涨落，长浮浮然，云浮玉山。其上新有塔，有亭，殷岘之南当寺门，升岘则吴兴之胜略尽：南列道场，北盘弁苍，东北俯郡城万家之烟，故吴西一名地也。尝郡县大夫与乡先生郊集为游所，而四方过宾，往往停舟试寓目云。盖自左相凿空石尊，而三刺史，而近逸老诸公里传，记翩翩此山，风流之美矣。

万历十五年丁亥十月，会稽理刑使君楚陈立父行吴，以同岁旧枉问予吴人士与山川之胜。予因奉使君为岘山游，请郑允升孝廉分焉。予家贫，无牛羊水陆击鲜[2]财二竖，提一斗酒，双柑盛鲑蔬，陈于山首竹亭候使君。使君为教县具楼船，黄头棹郎十人省骑吏自城门登船，溯流来舣于山寺之门。将自岘毕眺，乃移酒放舟，遵湖容与而南涉浮玉。陵前溪，直抵南山之溆，上道场极颠，而揽望五湖[3]焉。会少选，天大风南来，湖生波，击岸漂舟，不得渡，则相与除草张席，野坐岘之亭。帷帐不施，伎乐不御，翛然寒岩高木之下，倚酒雅谭。山僧从吏，忘使君之隆，此为赏也。

酒三行，使君起曰："美哉！山澹水长，此吴西之秀乎？夫地以人相重，人以文相重。两君序岘名游数百季著吴，然吾于楚未有闻。虽于天下不如襄重也，此宁独羊公一碑谢哉。或亦文采阙焉。今两君侈然惠招，不佞为此山辱。千载良集，四方同声，在此席也。两君为一言志游日，不佞附以从。"允升曰："佳哉！夫兰亭滕王以后，未见有能言者也。岂游赏声诗顿绝，将夫不朽者非乎？山川相助以丑，非相助美者也。大雅废久，今之謞謞[4]高吟众甚，后或以为陈刍矣。必成，方合雅而后传。则且掩颜太守登山联咏故名，我不能，是在使君。"予曰："不然。登高作赋自古代起，然奚必宋大夫之后无言哉？亦各撰胜述情，随才自畅。王会稽[5]曰：'后之视今，犹今之视昔也。’且士业已习雕虫绣虎，揖让千古之杰，何渠不远驾自壮？徐庾[6]靡靡，后杜陵[7]生，去二百年，彼非丈夫哉。安所知山川胜运，不留待人。夫诗言乎志，文生乎情，苟其神理寄以长存，则一工伎器无不寿。不寿者，神衰而色伪也。山之苍苍，水之汪汪，此非天地之神乎哉？自古固存文若是矣。振雅业之坠，续褉事之高，弘此山之名，可不务乎。斯文不绝，吾辈谁不当任。愿相与定盟复古，自此山会始。”于是陈使君引盏酬地，曰：“壮哉！士如此乎。百世后，谁知吾等谭文[8]慷慨于此！是当寄之”。

于是使君鼓掌，引声为唐体七言一章。郑与予倚而和之。予又蹋地迂声为长歌一行。使君与郑亦倚而和之。既阕，乃顾予记而书之，曰：亦此山风流之助哉。盖遂以至暮，乘风歌唱而还。

注释

[1]岘山：旧名显山，唐避庙讳，改名为岘。其山在今浙江湖州，山上有晋太守殷康筑亭及唐相李适之石酒樽。
[2]击鲜：宰杀活的牲畜禽鱼，充作美食。
[3]五湖：这里指太湖。
[4]謞（hè）謞：幸灾乐祸、助纣为虐。
[5]王会稽：指东晋大书法家王羲之。
[6]徐庚：南朝陈的徐陵和北周庾信的并称。
[7]杜陵：指杜甫。
[8]谭文：“谈文”，谈话的内容。

赏析

文章开篇先对湖州岘山做全方位描述：四周环水，涧溪清冽，有碧浪湖，山上有塔有亭，各个角度都有不同的景色。万历十五年（1587），作者与友人一起游玩岘山。他们乘舟沿着湖水一路南行，过了浮玉山、前溪。登上岘山，美景尽收眼底。一阵疾风吹来，船无法渡过，他们便除去地上的杂草，将席子铺在地上，肆意饮酒。山与水使他们忘却了尘世间的烦恼与纠结。大家畅饮对谈，借着名胜抒发感情，在山水间借古鉴今，回望古代文人的诗言志、文生情，抒发希望诗文复古的愿景，并以激昂的心情将这次的游览记录下来。最后，一行人乘着风唱着歌相携归去。

全文以登览岘山为主要线索，叙议结合，追远怀人，抒发了崇古、怀古的豪情。

（施凯悦　瞿耶路　陈田甜）

浮玉大桥

毗山别业记

〔明〕李维桢

李维桢（1547—1626），字本宁，湖北荆门人。隆庆二年（1568）进士，授编修，进修撰，出为陕西右参议，迁提学副使。天启初以布政使居家赋闲。又召为南京太常卿，不就，以荐为南京礼部右侍郎，进尚书。李维桢博闻强记，文章弘肆有才气，海内求其文者如市，“负重名垂四十年”，其诗文声价腾涌，然多应酬之作。著作有《大泌山房集》等。

题记

文章选自《大泌山房集》第五十七卷。在嘉靖、隆庆、万历三朝历任工、刑、兵三部尚书，并被誉为“千古治黄第一人”的潘季驯于隆庆时被罢官。潘季驯被罢官后，回到吴兴，因仰慕先贤柳恽，特选择毗山柳恽读书台的旧址建设别业。本文是潘季驯孙潘湛在对原有别业进行修缮后，请李维桢为毗山别业写下的一篇文章。

吴兴潘氏起家科第，多闻人，累世相望。而少保功名最著。子水部郎征复、孙任子、朗士，皆南金东箭[1]之美也。少保家菰城，负北郭，群山环之，苕霅汇焉。南有毗山，故梁侍中柳恽读书处。少保因遗址为芝林、读书台。嘉隆间，词宗弇州[2]，历下辈记咏甚富，水部亦读书其中。其归隐也，胥以为菟裘[3]。少保鞅掌[4]王事，四为行河使者，里居日少。水部谢不待年，而偶吴宜人幽闲贞静，诵竺乾氏[5]书。朗士思不得效之太父者，将效之父母。审曲面势，而式廓[6]缮新之，以奉亲欢。因山高下，垣以石，门以荆，篱以枳，宛转而入，平台二十尺，嘉树荫之。台右渡石梁，乘长堤，杨柳依依，葭菼揭揭[7]，人境阒寂，作清凉界观。堤上亭曰“菀亭”。堤竟而缘陂陀达于冈。冈在亭前，上属山，下面湖，曰“秋云陇浚”。陇之下方，潴[8]水曰“荇湖”。湖中多石，为山如削成，曰“小山”。有陟，有英，有峤，有峄[9]，有蜀，有密，有盛，有隒[10]，有堕，有厓，有章，有隆，山体备矣。其下水石相错，成声成色，殆非一状。拾级而上，曰“南陔堂”。飞檐文宇，爽垲精整。堂前后临湖，小山如几可凭。其西，平江几割，湖之半受月为佳曰“明月渚”，渚有曲桥，自南陔北分荇湖为曲沼。沼上碧梧若干，辅之以奇石，嵌空莹洁，曰“石林”。有楼，曰“清绮”。踞南陔上小山，荇湖悉归目境。石左右种楮，侧理赫蹄[11]。于斯取材，其多蕉者曰“蕉杝杝[12]”。下小渠，缥碧可鉴。向东，水道曼衍，差比荇湖。中有方桥曰“莲叶渡”。菡萏十亩，如浣花濯锦。渡头编堇为藩，种竹万个，窍山为岩，泉从中出，喷玉吐乳，如一部清商。岩石奇与曲沼同。倚岩有读书屋，曰“三余[13]厂”。上为阁曰“寄畅”，曰“竹林”。园别有馆曰“禅枝”。有榭，见道峰、飞英二浮屠，曰“春莺”。春莺，梵言舍利，皆以奉佛。故园右山隩曰“樱桃坞”，再上曰“梅雪苑”，以所产也。别有墅曰“雪”，则赏雪地也。自苑而入，山最僻处种橘千树，曰“野鹿坪”。坪上有石极耸秀，倚之四望，溪山楼阁，水云烟树，可徼而致也。泉出石罅，曰“一瓢泉”。环泉艺顾渚茶，曰“茶屿”。

有庵曰“紫茸”。紫茸茶上品，供佛以之。下为曲房曰“松寮”。又前，就石冈为馆，曰“漪兰”。荇湖之水东注如带，左为小圃曰“菊柴”，曰“榴墅”，亦以所产也。大都号为陇，为台，为阁，为亭，为寮，为馆，为榭，为厂，为山，为林。为冈者，以山与石胜，或专以石胜；为渚为沼、为渡、为泉者，以水与石胜，或专以水胜；为坞、为苑、为坪、为屿、为柴、为墅、为园者，以竹树胜，而南陔堂总揽之。其所以名南陔[14]，则古孝子相戒养亲之诗也。

朗士既自为记，离其景为二十咏，而更问记于余。盖朗士之先，有安仁[15]者，闲居洛涘，御其母板舆以览王畿[16]，而周家园池沼足以渔钓，舂税足以代耕，灌园鬻蔬供朝夕之膳，牧羊酤酪俟伏腊之费。意与朗士略同。然安仁当晋乱，轻躁兢利，谄事权贵，其母数敕当知足，而干没不已。曾几何时，及于难矣。朗士少以才颖称，有安仁如江之藻，方待诏公车，不急进取，而以父母俱存为至乐。就养无方，惟日不足，少年贵介可恣所好。而但因利于地宜，因资于先业，因景于天时，丰约文质，执两端而用其中。读其文与诗，虽《闲居赋》何让哉？安仁从子正叔[17]为《安身论》，能保其安者，非谓崇生生之厚，耽逸豫之乐也。治其内，不饰其外，求诸己，不假诸人。忠肃奉上，爱敬事亲，可以处富贵，可以处贫贱，能安身矣。旨哉，言乎！惜安仁不足语此，而朗士趣操雅似正叔，不失其身而能事其亲者，未之前闻。朗士能安身于别业也。其能安亲于别业也，固必至之符已。安仁美夏侯孝若[18]诗，非徒温雅，乃见孝弟之性，因作《家风诗》。余于朗士有屡世通家之好，既不获从之游，又不能以一言为朗士重，而第取安仁事相校，使潘氏子孙绎思衣德焉。无直与膏肓泉石、流连光景者同类而并观也？

注释

[1]南金东箭：南方的金石，东方的竹箭，后喻指优秀杰出的人才。

[2]弇州：指王世贞，号弇州山人。

[3]菟裘：告老归隐的住所。

[4]鞅掌：谓职事纷扰烦忙。

[5]竺乾氏：佛教。

[6]式廓：规模、范围。

[7]揭揭：长貌，高貌。

[8]潴：（水）积聚。

[9]峄（yì）：山名。

[10]嵰（yǎn）：层叠的山崖。

[11]侧理赫蹄：侧理，纸名；赫蹄，古代称用以书写的小幅绢帛，后借指纸。

[12]岊（yí）岊：同“詑”，美好。

[13]三余：《三国志·魏志·王肃》注引鱼豢《魏略》：“（董）遇言：‘（读书）当以三余。’或问三余之意。遇言：‘冬者岁之余，夜者日之余，阴雨者时之余也。’”后“三余”泛指空闲时间。

[14]南陔：《诗·小雅》篇名，有目无诗。其序称：“《南陔》，孝子相戒以养也。”后被用为奉养和孝敬父母的典故。

[15]安仁：潘岳，字安仁。曾辞官退居洛水边，奉养其母，并作《闲居赋》。

[16]王畿：原指王城周围千里的地域，亦指京城。

[17]正叔：潘尼，字正叔。潘岳侄子。因感乱世立身不易而作《安身论》。

[18]夏侯孝若：夏侯湛，字孝若。仕晋为中书侍郎。有盛才。曾补《诗·小雅》逸诗《南陔》等六篇，获潘岳赞赏。事见《世说新语·文学》。

赏析

文章先交代了毗山别业的来历，然后简要讲述潘季驯所建的芝林馆的热闹与繁华，随后由外及里描写了新修缮的别业的环境：有因地制宜搭建的外墙、门、篱笆，有树荫遮蔽的平台，有名为“菀亭”的亭子，有名为“荇湖”的湖泊等，而南陔堂将这些景色全部包揽了，是观景的重要位置。同时，作者解释了取名为“南陔”的原因：别业修缮者希望通过《诗·小雅》中奉养和孝敬父母的典故来时时提醒自己。最后写到早在潘湛之前便有潘岳与其母的故事，后将潘岳与潘湛进行了比较，认为潘湛把侍奉父母作为最大的快乐是值得赞美的。

全文不仅描写了毗山别业环境之美，而且传达了作者对潘湛孝顺父母的欣赏与赞美之情。

（姜　苗）

今日毗山一隅

潮音桥两亭记

〔明〕沈儆炌

沈儆炌（1554—1631），字叔永，号泰垣，归安（今浙江省湖州市）人。沈儆炌是明朝万历年间的名臣，明万历十七年（1589）进士，曾做过河南布政使。他为人正直，颇有才干，曾经平定叛乱，后任南京兵部侍郎，又晋升为南京工部尚书。

题记

文章选自乾隆《乌程县志》卷十一。潮音桥为湖州三绝之一，有“桥里桥”之称。按志书记载，该桥建于明嘉靖十八年（1539）。桥边原有一个渡口，名慈感寺渡，后更渡为桥，名潮音桥。文章主要记述了湖州知府金廷璧修复潮音桥东西亭之事。

湖郡定安门纳南来诸水，灌注入城。深广病涉[1]，故设渡以利往来；设东、西亭，以蔽待渡者风雨。西亭列石塔，输运快便，势如转轮。嘉靖己亥，郡侯魏公更渡为桥，万历乙巳圮。郡侯�塘陈公鼎新此桥，而亭特加以层楼，峨峨对峙几三十年。民间不戒于火，延及东亭。郡侯金公同胡邑侯履地勘核，多方设处，不逾时而两亭焕然。往来者咸诵公之善，里中陈生属予纪其颠末[2]于石金。公讳廷璧，江西进贤人。崇正庚午春仲记。

注释

[1] 涉：步行过水。
[2] 颠末：始末，事情自始至终的过程。

赏析

文章以设渡之原因开头，再述及更渡为桥之事，将魏、陈、金三位湖州知府为官一任、造福于民的往事娓娓道来。虽然文章未对东、西二亭进行详细描述，但“峨峨对峙”四字，足以说明二亭曾经的壮观。

文章介绍湖郡定安门内潮音桥和桥边亭子的发展历史，既按照时间顺序记述，又写了具体修缮原因，并且赞扬了几任湖州主政者的功劳。

（薛宝怡）

潮音桥雄姿

凤凰山记

〔明〕邹思明

邹思明，字汝诚，号见吾，乌程（今浙江省湖州市）人，明嘉靖四十三年（1564）举人，曾为霍山、彭泽知县。性好诗文，晚年尤爱吟诗、书法。著有《文选尤》等。

题记　　文章选自同治《湖州府志》卷十九。湖州城西北四五里处的凤凰山（今名仁皇山）是湖州城北离城最近的一座山。本文记述了登山所见。

湖城西北四五里，曰凤凰山。秦始皇以其地龙飞凤舞有天子气，特命凿之。今分为巅山者是也。巅山亦名粝山。

万历三十年孟冬十月，泛舟，同卢志庵别驾、王槐亭佥宪[1]、郑春寰给谏来登兹山。过接山桥，行百余武。松径成行，有门荒颓，有殿倾圮，有炉无火，而有碑，是为仁王寺。又数武，至巅山。复相携登凤凰台，路峻而窄，必后趾俟前趾，登乃举。凡六七百武至台上。台广二丈许，远府[2]之，则康山、巅山相望

今日仁皇山上建有仁皇阁

而趋，真有龙飞凰舞之势，而妙喜、栖贤诸峰，如御屏，如执笏，俨然天子气象。纵览而下，艰甚于登。相与[3]过粝山小庄，醉歌而别。

注释

[1] 佥宪（qiān xiàn）：佥都御史的美称。
[2] 远府：低头向下远瞰。
[3] 相与：最初的意思是往来朋友，此处指一起。

赏析

本文叙述了凤凰山的地理位置：处于湖城西北方四五里处。然后讲述有关典故：因为此地“龙飞凤舞有天子气”，秦始皇下令凿断了腊巅山（又名粝山）。随后开始描述此次游历凤凰山所见所闻，并一一介绍了同行者卢志庵、王槐亭、郑春寰等人。凤凰台地势陡峻，攀登之路高峻狭窄，登临其上俯瞰，康山、巅山遥遥相望，真有龙飞凤舞的气势。作者对凤凰台异象奇观尽收眼底惊叹不已。

全文既写了凤凰山之典故，又移步换景，写凤凰山中奇异之景及登山之感观。游记行文流畅，描写生动，表达了对凤凰山的喜爱之情，更有抑制不住的与友偕游的恣意飞扬之气与喜悦悠游之意。

（杜新纪　罗林笑）

聚芳亭跋

〔明〕王世贞

王世贞（1526—1590），字元美，号凤洲，又号弇州山人，南直隶苏州府太仓州（今江苏省太仓市）人，嘉靖二十六年（1547）进士，官历大理寺左寺、刑部员外郎和郎中、山东按察副使青州兵备使、浙江左参政、山西按察使，万历时期历任湖广按察使、广西右布政使，郧阳巡抚。著有《弇州山人四部稿》等。

题记　文章选自《晟舍镇志》卷七。聚芳亭在本篇文章中指唐开成中杨刺史汉公在白蘋洲建的名为“聚芳”的亭子，又指元至元年间，闵介甫在近郊建的名为“聚芳”的亭子。此跋为王世贞应晟舍闵氏所请而写。

吴兴山水号清远，其在唐宋时，以园亭之胜埒宛洛[1]。而自余游吴兴，求其迹而不可得。盖内郭广西阛阓，外郭夷而桑麻之区。其俗之朴，茂织啬固然。余尝戏谓：“山可潴，河可陵，则亦治而田舍之矣。”问以故典考，所谓亭馆，以披玩草木者。

唐开成中，杨刺史汉公为园于白蘋洲，而亭之曰“聚芳”，见白少傅《乐天记》。宋牟端明子才，为园于郡官，而亭之曰“芳菲”，见周弁阳公谨《杂记》。元至元时，闵提举介甫为园于近郊，而亭之曰聚芳，见陈进士《遇记》。三亭大抵命意相埒[2]，其故址随后先废。而独介甫能合一时之知词翰者为之记若诗。其六世孙，少保庄懿公，又能求故李文正公为之颜[3]其端而志其殿，以谋不朽，亦可谓能世业也已。庄懿公从孙宗伯公，娄起为郡冠带著姓。今其居，虽徙而乔木鼎舍，固照映菰苕间，诸孙一鹤辈，又拟余片言继其后。

鸣呼！天下之至不易久存者，人耳！其次，则亭馆卉木耳。然余向故欲求亭馆卉木之迹，于其墟而不可得，得人之片言而若新，何也？毋乃所恃以久存者，又人乎？其亦可慨而思矣。

时隆庆二年己巳书于清苕馆。

注释

[1] 宛洛：二古邑的并称，即今之南阳和洛阳。借指名都。
[2] 相埒（liè）：一样。
[3] 颜：这里指渲染。

赏析

本文叙事，以吴兴园林在唐宋时期闻名发端，讲述作者游历吴兴却找不到古代园林的遗迹。然后描述吴兴城内外状况，介绍了在唐代、宋代、元代时聚芳亭和芳菲亭的兴废情况。作者发现这三个亭命运相同：修建不久之后都荒废了。唯独元代聚芳亭主人闵介甫，找人把这个亭子写进诗文，以求不朽。到了闵介甫第六代闵庄懿公，又请当时名人为亭子题名。庄懿公从孙的孙子辈闵一鹤，又请作者为此写记文，谋求不朽。作者由此大发感慨，认为天下最不易久留的就是人，其次是亭馆花木。而想要寻求亭馆花木不朽，还是要依靠人的文献描述。

本文记述吴兴历史上名园、名亭的文化信息，弥足珍贵。

（杜新纪　罗林笑）

湖州钱业会馆内景

游岘山记

〔明〕谢肇淛

谢肇淛（1567—1624），字在杭，福建长乐人，号武林、小草斋主人，晚号山水劳人。明朝万历年间进士，历任湖州、东昌推官，南京刑部主事、兵部郎中、工部屯田司员外郎。天启元年（1621）任广西按察使，官至广西右布政使。入仕后，历游川、陕、两湖、两广、江浙各地名山大川，所到之处皆留有作品，其文字雄迈苍凉，写实抒情，为当时闽派诗人的代表。著作有《五杂俎》《太姥山志》等。

题记　文章选自《吴兴艺文补》卷四十，全文叙述了作者和友人谢肇淛在岘山的游玩经历并对整个过程进行了细致的描写，尤其在景色方面，辞藻华丽，色彩鲜明，使读者沉醉其中。

吴兴山至多，独岘山蟠郡南而近，下据碧浪湖，游客盖肩相摩云。岁乙未冬十月，徐兴公自闽至访，先有约订：余必吸尽五湖烟水乃去。余谓：“千里之行，自足下始，请以岘山为期。”适余幼弟殇，弗果。

无何，顾长卿世卿从吴江来，乃以望日，发尺一[1]召客。戒舟于涘，漱肴于麓[2]。主人肩舆先至，问老僧兴废事，僧跽进《葺寺疏》，余颔之。已而山下屐声甚厉，则客至矣。于时，碧梧陨霜，雁影南向，西风吹浪，高溅寒衣，各有寒色。

携手入滴翠轩，展图书共阅。余出古陶觞，客已与兴公剧谈，乡曲里语，顾氏二仲弗解也，相视大笑。徙倚凭栏，望远近云树，翠色可餐而丹枫错落。右则车盖危峰，岌岌欲隳；左则平湖千顷，茅屋万家，映带林薄。主客欣然赏心，盖不蒲萄而醉矣。久之，视日且淹兹，则连臂下山。经逸老堂，堂圮，四壁立。又下为李相洼樽[3]石。兴公笑谓："此蹄涔[4]也者，将客牛其饮哉？"余曰："碧湖可供一吸，何必凿破山骨也。"故亭俱废，折入寺。寺亦废。蓁芒刺客，客不可坐。遥闻江声隐隐，月如围自浪中翻矣。亟登舟，趋浮玉，水及山腰，浮屠石级已断。长卿贾勇先登，众从之，月去人不数尺，金光一道入水，水纹如沸，而渔舟横笛两两归来。世卿大叫，以为奇。余顾指西山落照，谓客："此紫绿万态，不减金波，何诸君冷暖乃尔？"语有间，露入秋衣，客寒益甚，始归舟。漾之中流，从其所止而之焉。比入城，漏下四刻矣。各别去。

越二日，长卿为图寄余，且谓余记是游。呜呼！余安能记之？自有宇宙，便有此山，昔之名贤，不爱杖履，当其摩崖探蹙，盖妄意以托于千秋。曾河之未及清，而名骨俱朽矣。余自李湖以来，屐不知其几穿。三载之间，俯仰已为陈迹。况乎一官如传，踪迹若萍，继此而游，能复几何？而余又安得而常有之乎？虽然，余惧夫湮没不称。而山灵以是浪游者，非夫也。泚笔为记，不能不更为之堕泪。

注释

[1]尺一：指书信。
[2]戒舟于涘，湫肴于麓：在河边准备了船，在山脚下会友。肴于同“友于”，指兄弟。
[3]洼樽：唐开元中李适之登岘山，见山上有石窦如酒尊，可注斗酒，因建亭其上，名曰“洼樽”。
[4]蹄涔：形容水量极少。语本《淮南子·泛论训》。

赏析

本篇游记从岘山的位置写起，先点明了岘山的地理情况，后描述与朋友一起游览岘山的缘由。故事由书信约定游赏展开，其中对细节的描写十分精炼，景色描写虽用的笔墨稍多，但并不冗杂。游览经过、所见所闻，描绘都十分精彩，给人以身临其境之感。“右则车盖危峰，岌岌欲坠；左则平湖千顷，茅屋万家，映带林薄”，将风景展现得美轮美奂。游记还采用了不常见的对话叙述方式，利用人物对话，推动事件的发展。“漏下四刻”大家才各自散去，更衬托出岘山景色之美。文章最后以作者的抒情与议论收束，长卿请作者写游记，但作者却说：“呜呼！余安能记之？”后面点出了原因：作者以后可能也不会再来，自己四处为官，踪迹像浮萍一样漂泊无所停留。想到辜负了这样的美景，作者不禁流下了眼泪。

整篇游记既描写了岘山的景色以及游玩情况，也抒发了对人事无常的感慨，极为生动。

（张志乡）

吴兴区八里店农民新村

游自碧浪湖至月湖记

〔明〕郑明选

郑明选，字侯升，号春寰，乌程人，一说归安人，万历十七年（1589）进士，官任安仁知县、南京刑科给事中，后称病归，给庐横山之阳，饮酒赋诗以终。有《郑侯升集》《秕言》等。

题记

文章选自《郑侯升集》卷二十二。文章写了从碧浪湖到月湖的游览经历。碧浪湖是湖州城外的一处风景名胜之地，而月湖则是城内的一处风景佳处。

辛丑夏六月望，余困于暑。弟侯昌曰：“惫矣，盍相与逃暑于碧浪湖。”湖多水风，遂为我治罍酒以行。客四人及我子若孙从，驾舟出城南门，至于湖。湖并岘山，因登焉。

山前后树木秾郁，绿润逼人，下临湖水如熨。顾瞻城中，万屋鳞次，烟霭交市。复登舟驻于中流，隐隐闻雷声，阴云四幕，欲雨不雨。乃有凯风[1]自南来，水纹如织帘，披襟纳凉，信不知有伏也。

日且暮，还入城。相传贾耘老浮晖阁与白蘋洲在其处，皆湮没不可识。或云白蘋洲者，今所作官廪，是其地也。

又行至月湖。湖之上故有鸥波亭，赵子昂遗址也。南由小桥入，为莲花庄。水色特绿，芙蕖烂开。子昂别业所在也。复驻舟中流，水风飒飒，如碧浪湖。其地夏月无蚊，水宿者聚焉。岸上下灯火，错映如星。俄而云渐开，完月胧胧[2]，且隐且见。因举觞酹月，歌李太白问月之诗。漏三下，乃归。

盖吴兴最多水，其近在城外者，碧浪湖为大，在城内者，月湖为大，适两游焉。昔袁绍避暑，为河朔之饮，迄今传其事，其风流蕴藉，不知如我辈今日否。因顾谓客曰："乐乎？"客曰："乐哉！此游匪直逃暑也，可以娱心目。"余曰："殆有甚焉。暑可畏也，百欲之毒，人如焚如灼，不啻暑也。然而人争趣之，是自投火也。人知逃暑，而莫知逃于欲。是之谓颠倒之民。至人者恬淡无为，日游于清凉之府。"客跃然喜，曰："我辈入于火，而不知逃也久矣，悲乎哉！"余复顾子若孙曰："小子识之，逃暑不如逃欲之急也。"

注释

[1]凯风：和暖的风，指南风。
[2]胧胧：指月色朦胧。

赏析

碧浪湖在湖州城南，属东苕溪水系。作者出游时正值酷暑，天气十分炎热，游玩过程中遇雷雨天气，但一路上景色非常美丽。作者最后感悟到清凉之地避暑不能使人身心愉悦，人需要远离内心欲望，才能达到置身炎热也觉凉爽的境界。

（章梦妮　宁兰儿）

王贞珉绘《碧湖泛月》

游玲珑山记

〔明〕郑明选

题记　文章选自《吴兴艺文补》卷四十。作者读《吴兴掌故集》，得知玲珑山风景优美，便于重阳之时去游览。玲珑山是湖州城北的一处风景名胜。该山洞壑贯通，怪石奇出，曾留有唐、宋名家题刻。作者慨叹这么绮丽的美景，却游客寥寥，就像有才华却不被赏识一样。

尝览《吴兴掌故集》称：卞之阴有玲珑山者，略如钱塘、南屏、灵隐之胜。唐张有、杜牧之皆题字石上，镌之。余生有山川之淫[1]，常思足迹遍五岳四镇。然而目不见境内名山，岂非阙[2]哉？

庚子九月九日，登高节也，盍往观之。遂驾舟出临湖门，抵于姚湾。舣舟而陆，约山行二里许。舆人失道。遇樵者，引而前，乃得至。悬崖削成，屹然壁立。旁有石洞，氿泉出焉。水碧色如染，淙淙盘纡而下。有青蛇绿龟伏于洞口，是东洞也。复西行半里，巨石陂陀，砉[3]焉迸裂如劈，长三四寻，乍广乍狭，深不见底。迫视之，令人心恐，有股栗[4]而汗出者。复西行半里许，有洞在乱石中，天雨则四水交注，伏流山底，至于东洞，与泉水并出。盖其山大抵多骨而下空如腹云。于时日将瞑[瞑]，遂下山徘徊，不忍去，反顾者三。其麓有村居，前临芳沼，芙蓉夹两岸，灿烂夺目，野菊陆离，香飘左右，又一佳致也。

夫物之显晦，有时以是山之胜，非不瑰玮奇崛也。然游士寥寥焉，车骑不至，亭榭不施，草木翳茸。求张有、杜牧所为题石而不可得。惟山翁野竖执斧斤而薪蒸焉，何泯泯也。今夫贤人君子，怀珠韫玉[5]，爵禄不被于朝廷，名誉不彰于当世者，比比是也。与此岂异哉？故曰：显晦，时也，贵贱，势也，又何怪乎？感而为之记。

注释

[1]淫：放纵，沉溺。经处指热爱。
[2]阙：同“缺”。
[3]砉(huā)：象声词，形容破裂声。
[4]股栗：腿部发抖。形容极为恐惧的样子。
[5]怀珠韫玉：比喻怀藏才德。

赏析

作者曾经读《吴兴掌故集》，书中记录玲珑山奇美。于是在重阳节这天，作者与友人一起去游赏。经樵夫指引方向，找到玲珑山。山上有洞，山泉淙淙盘旋而下，有青蛇绿龟伏在洞口，这是东洞。再向西走半里有巨石，石头就像被劈掉那样裂开。文章虽在写景，其实借景抒情，文中表示有些山的景致十分优美，然而游客寥寥无几，没有车马在这里停留，由此联想到有些有才能的人也是如此，明明满腹才华却被埋没了。

本文借写玲珑山景美而游客寥寥，来抒发怀才不遇的情感。

（罗芝怡　黄慧瑶）

游黑龙洞记

〔明〕郑明选

题记 本文节选自《吴兴艺文补》卷四十。黑龙洞在湖州城西北之弁山。作者讲述自己招宾客前往黑龙洞探索、游历的经历，描绘出一幅少见的神秘绝美的景象，使人惊叹于大自然的魅力。

卞山之阳，有黑龙洞者，郡志不载。黑龙之义，莫详所由。又无搜奇鬟怪之士[1]登陟吟眺于其间，故其名不显。仲夏朏之日[2]，积雨新霁，余趣治箪饭罍酒，速宾客往焉。

至则道路荒茀[3]不治，乃翦榛薙草，辟涂而入。见青石崚嶒，巧丑错出，珪者、璧者、罗刹者、象鼻者、牛首马颊者、虎豹牙者，列于洞之外。其洞后庳前轩，如夏屋之半，宽可肆数十筵，非由斧凿，鬼劈而神镂之。其石都垂垂下悬如缀，上产石钟乳，润白如蜃灰，从者竞采之。其右隅一小窦，中黝然以黑，又一洞也。人莫敢入。略窥之，视外洞广倍之，深不可测。闻有翩翩振羽声，疑为飞生也。

注释

［1］搜奇鬄怪之士：搜罗奇异怪诡的事物的人。
［2］仲夏朏之日：指五月初三日。朏，新月开始生明。
［3］荒茀：同“荒芜”。

赏析

该文先是写作者对湖州卞山南边的黑龙洞有所耳闻，但该洞没有被地方志所记载，作者也不知道此洞取名“黑龙”的原因。接着具体写游览的经历。途中杂草丛生，滩涂泥泞，作者和宾客一同除杂草，劈道路。黑龙洞青石嶙峋，且石头形态各异，洞里长着的钟乳石润白如玉。右边的小洞，黝黑不可见底，没人敢进入。在洞口略略窥视，可见比外面的洞宽阔数倍，仔细听有振翅之声，疑是会飞的生物。文章写到这里，戛然而止，给读者留下了意犹未尽之感。

文章体现了作者的探索精神和寄身山水自然并以之为乐的情怀，文字清朗，很有画面感。

（章情情　周振洁）

清代乾隆二十三年（1758）《湖州府志》版画图中，弁山有青、赤、白、黑、黄五个“龙洞”

游下菰城记

〔明〕郑明选

题记

本文选自《吴兴艺文补》卷十四。下菰城位于浙江省湖州市吴兴区道场乡，相传是楚国春申君黄歇的封地。郑明选的这篇游记，从对下菰城是否为春申君所筑产生疑问开始，记述了游览下菰城的经过。在游历之时，他感古思今，借对春申君的讨论表达自己沉醉自然、不愿纠结于得失的心境。

郑子屏居横山之阳。时维暮春，据[1]胡床瞻西山，山之南麓树木蓊郁，状若屯云。邻老曰："此春申君下菰城也，去此不远耳。"按《史记》，楚王赐淮北十二县与春申君，春申君以其地边齐，请以为郡，改封江东。春申君因城故吴墟，以自为都邑。说者曰："在姑苏城内。"小城西北则此安得有春申君故城乎？然郡志实载之，岂尽无据？或苏与湖并有城不可知，试往观之。

遂驾舟而西三里许，舟人曰："至矣。"郑子病不能步，以两仆肩板舆行。有土人前揖，醉矣，语半蹇然[2]，犹能前为导焉。城四面累土，周遭如山。其内松树千章，或偃如车盖，或攫拿如虬龙、如夜叉。山风乍起，声如浙江之涛。地仅千亩，居人种麦，油油如云。寻至一亭，曰长烟亭。亭之下有桃数株，花中开中谢。游蜂匝之，往来相递。土人曰："此外小城也，其内有大城。"因复为导，委蛇而入。至所谓大城者，高山后拥，两旁筑土为平冈，上与山接，阔倍外城，深三之。然草木荒翳，道路几不可辨矣。

郑子曰："昔太史公观春申君故城，叹宫室之盛。今无论苏、湖，皆化丘墟矣。夫孟尝君、信陵君、平原君皆贵介公子，其权力易以冯[3]借。春申君以布衣起为楚相，食客三千人，与三公子争名，岂不尤难矣哉？当其西说秦罢兵，归楚太子，北伐鲁，灭之，盖亦一时杰士焉。假令怀忠挟信，终事楚王，身名永保矣。而听李园之说，欲以一妇人阴盗楚国，竟乃不免。故城弹丸之地且不能有，何望有楚国乎？凡物专之以为已有者，倏得倏失。今夫仰而高山，俯而清溪，此吾与众人所共乐也，可以长有而不失。乃歌雍门之歌[4]。

歌罢，洗爵三酌。俄而白日西颓，暝色覆地。返而登舟，比至家门，星月在天矣。

注释

[1] 据：凭依、倚仗。
[2] 蹇然：艰难困厄貌。
[3] 冯：通"凭"。
[4] 雍门之歌：雍门子周以善琴见孟尝君。这里指感慨之声调。

赏析

本文是郑明选游历下菰城后写的一篇游记。文章开始叙述游历下菰城的起因，接着描述在仆人协助下前去游历的经过。途中景色以松林为主，松树形状各异，林中松涛阵阵。麦子在暮春之时绿油油的，像一片又一片的云。作者在长烟亭听当地人说此处还不是下菰城大城，大城在里面。于是跟着向导沿着蜿蜒的路前去观看大城的样子。只见其依傍着一座高山，比外城宽阔几倍却草木稀疏，道路几乎看不见了。见此，作者感慨春申君的故事，认为如今仰头是巍峨之高山，低头是潺潺之清溪，这是大家共同的乐趣，可以长时间地拥有而不失去，所以不如沉醉在这风光美景之中，歌罢浅酌，披星而归。

游记带有怀古色彩，把史事和景色结合是本文最大的特色。

（章情情　周振洁）

下菰城遗址（吴仁斌摄）

桑苧园记

〔明〕吴文企

吴文企，号白雪，又号厔庵居士。万历十九年（1591）中举，二十六年（1598）中戊戌科进士。后出任宁波知府。母亲逝世，服丧期满后任湖州府知府，后又任地方按察司副使，还督理过地方学政。著作有《絜庵堑录》。

题记

文章选自明崇祯六年刻本《吴兴艺文补》卷四十。桑苧园，明人吴文企所造园林。作者造园后，特撰写文章一篇，以纪其事。

吾于东西浙，再来人也。行山阴道，已饱应接之奇。来苕霅间，又极登临之胜。向青山绿水中作二千石，大有情缘。加以岁丰人乐，吏久民信，在公多暇日焉。然溪边荫美，舟子云劳，郭外峰青，傔人[1]不易。吾所甘，人所苦，孰与？咫尺围城之内，烟月万家之景。无烦双屐，坐揽千峰。登平台而岩视，俯流沚以川观。水自清漪，缀之以版桥人迹；林本翳桑，收之以曲磴[2]精栏。为者不劳，取之无禁。何必彭泽仰公田之酒，成都树八百之桑，然后公私取给，进退晏如者哉？园以万历乙卯新秋作。不列垣，以城为垣；不凿池，以河为池。“逍遥”者其堂，“鹳鹤”者其亭，“乐度”者其梁，语载各小记中。在唐中叶，陆鸿渐亦竟陵人，流寓此中，自号桑苧翁。翁与吾生同里，游同地，山水同情。吾园翁园也，作桑苧园记。

注释

[1]傔人：这里指随从佐吏，随身的差役。
[2]磴：石头台阶。

赏析

本文先讲述了作者因担任知府来到山清水秀的湖州。这里“岁丰人乐吏久民信”，在这做官，闲暇之日可游玩于山水间。登上山顶，可以看到“万家之景”，清澈的水流、板桥、行人相互映衬点缀，使人感受到人间百态。作者以陶渊明和诸葛亮的典故来说明自己的心态：不论是出仕还是隐居都是安定、恬适的。

作者在叙事中议论，体现了不慕富贵权势、寄情于山水、热爱自然的情感。

（施凯悦）

吴兴区中心城区

游仁王山记

〔清〕韩禹甸

题记 文章选自清同治十三年（1874）刊本《湖州府志》卷十九。仁王山即今湖州城西北方向的仁皇山，又名凤凰山。

仁王山，郡之西北，离城三四里，以形似凰，故又呼凤凰山。

春明廿四日，天气融和，郁公启、韩纯玉过寓，共拟为郊游，则仁王最近，因邀关中刘玺、丹阳贺云举散步出青铜门，买一叶，类浮鸥随波上下。遥见巨鸟羽翰青翠，戢翼延颈，若饮诸河。舟子曰："此即所谓凤凰山也。"

比登岸，僧揖而前导。长松拂云，修竹玉立，老梅数十本，枝疏花满，若行众香国中。未几，至僧寮[1]。登眷西楼，倚窗远眺，遂使绿篁[2]翠柏别开画图，短岫孤峰益增褥绣。下楼，从殿左陟数百级，静室邃穆[3]，阒焉无人。室尾有水一区，广不盈丈，名凤味泉，古迹也。昂首云际，则为凤凰台，高数百丈，难以攀跻。

已而夕阳在山，行人竞散，放舟接山桥而归。

注释

[1]僧寮：僧舍。
[2]篁：竹林。
[3]邃穆：谓意境深渊明净。

赏析

文章先叙述了仁王山的地理位置，又谈到了此山之别名，然后写游览仁王山的原因和参加游览的人员。作者一行人步行出城门，然后坐船，“遥见巨鸟羽翰青翠，戢翼延颈，若饮诸河”。仁王山从远处看就像一只羽毛青翠正伸长脖子在河中饮水的巨鸟。仁王山上，登楼倚窗，远望风景，则“绿篁翠柏别开画图，短岫孤峰益增褥绣”，亦是别有天地，令作者不胜喜悦。

文章短小精悍，把仁王山的风景和环境描写得精彩而别致，让读者有身临其境之感。

（余凯楠）

仁皇山

题莲花庄图记

〔清〕全祖望

全祖望（1705—1755），字绍衣，学者称谢山先生，鄞县（今浙江省宁波市）人，乾隆元年（1736）进士。因不附权贵，次年辞官归里，不复出仕，专心于学术。其讲学足迹遍布大江南北，从者云集。学术上推崇黄宗羲，自称梨洲私淑弟子；又受万斯同影响，专研宋和南明史事，留意乡邦文献。著作有《鲒埼亭集》等。

题记

文章选自清代嘉庆十六年（1811）刻本《鲒埼亭集外编》卷二十二。姚世钰，清代湖州府归安人，终生没有进入仕途。他性好山水，善交游，与金农、厉鹗等称莫逆交，有《孱守斋遗稿》。他家几代居住在莲花庄，他的诗文及治学之道得到了全祖望的高度赞扬。

归安姚兄薏田[1]，所居为松雪[2]王孙故址，世称莲花庄者也。松雪之先，莫氏居之，世称宋乾淳宏词世家者也。松雪之后，归于莘氏，世称枣强莘令[3]，以善画著者也。然于是庄，皆未尝有图咏者，亦缺事也。

薏田居此已四世。一日，读右丞《孟城坳》之句而有感也，因令敬亭沈高士樗厓绘之于素，自为文以记之，而复征言于予。

浙河东西山川皆清远，而吴兴池亭台榭之胜，尤与杭越鼎足。其在前人掌故所录者，至今尚令人神魂飞动，顾惜其不可复。按薏田谓，陵谷之易以板荡，而丹青石绿，遂足绵亘于天荒地老之余而不朽耶。画师之神力未必若是之远也，则亦不过好事者之惓惓[4]而已。夫清景不罹俗物，则其福命未有艾者。是庄自季宋以来，代有雅人居之，劫火频乘，灵光无恙，盖其乞灵于大造者有深幸焉。薏田以烟霞之癖[5]，驱使翰墨，方且撰《莲花庄志》，用补前人之阙，而搜文献以实之。

予闻清江敖叟继公[6]，闽人而居于苕上。松雪兄弟师之，其说《仪礼》在是庄也。芙蓉百顷之旁，当日书带之草，或者尚有存焉，其曷为我访之。

注释

[1] 姚兄薏田：指姚世钰（1695—1749），归安（今属浙江省湖州市）人，字玉裁，号玉田，又号薏田，署金玉生，又署孱守斋主人，秀才。著作有《孱守斋遗稿》。

[2] 松雪：指赵孟頫。

[3] 枣强芊令：指曾在枣强县做县令的芊野。芊野，字叔耕，善画，为政清明，有“贤令”之称。

[4] 惓（quán）惓：深切思念，念念不忘。

[5] 烟霞之癖：对山水的癖好。

[6] 敖叟继公：敖继公，宋元之际儒学大家，著有《仪礼集说》。

湖州著名的园林景观莲花庄

赏析

本文主要介绍姚薏田所居之莲花庄。作者从莲花庄原为元代赵孟頫旧居写起，追溯其历史，其更早还是莫氏、莘氏居所，是文化历史底蕴深厚的地方。而后介绍姚薏田四世居于此处，因读王维之诗而有感，请沈氏画《莲花庄图》记录此事，又找作者作记。作者认为，“清景不罹俗物，则其福命未有艾者”。宋代至今，莲花庄代有“雅人居之”，并非偶然。

文章夹叙夹议，贵在语言清新流畅，抒情言志，毫无赘语。

（胡慧莲　王　珏）

游白鹊山记

〔清〕钦 善

钦善，清代江苏娄县人，字茧木，号吉堂，又号正念居士。诸生。少孤贫，刻意奋学。有《吉堂诗文稿》。

题记

文章选自清《国朝文汇》卷六十九。白鹊山又名白雀山，从属于弁山。相传，山上之法华寺由祖师道迹神尼开创。据说，道迹生前诵经时，经常有白雀旋绕，若听法状，法华寺故又称白雀寺，也称为白鹊寺。作者游历至此，访古迹、赏美景，有感而发，于是写下了这篇文章。

弁山周二百里，峰峦无数，白鹊其一也，以寺得名。寺本名法华，不著，以白鹊著。相传萧梁时，女尼开山，白鹊其灵迹云。

入山初无异，至有松处乃异。松夹道，道长二里，计四千余株，挺立，高皆七八丈。道外小松涌左右两峰而下，以亿万计。及山门，有僧赤脚顾余笑，坐余石上。问之，名心法，殿主也。问古迹，不知。问碑碣，引示二碑，皆明人文，略读。又引示二碣，一完，乃东坡为湖州太守，自书访耘老诗，朗诵一过。一断，为羲之书心经，字如《圣教序》，不著集字人。碣制[1]类弓背，中隆上下削，奇古。当余诵诗，有僧辍锄[2]而听。心法告余，寺养八十余僧，此主山大和尚也。又引入后堂，见四五僧，年皆八九十，低眉安坐。最高为真身殿，即女尼坐化处。转而右为望湖亭。亭在松巅，亿万松复涌翠而上。太湖水一白际天，帆影如扇，为寺最胜处。

是日，嘉庆丙子九月二十八。午后，西北风起，寒甚，心法为余煮茶于亭。

注释

[1] 碣制：碑的形制。
[2] 辍锄：停下锄头。

赏析

文章开门见山介绍白鹊山是弁山的一座山峰，又介绍法华寺的传说。接着描述自己游览白鹊法华寺的所见所闻。刚进山并无异常，直至走到了有松柏的地方，道路被两边的松树夹在中间；两边的松树高大挺拔，有四千多株，而道外的小松树更是顺着两边的山峰而长。文字略有夸张，但充分展现了山上林木茂密、郁郁葱葱的景象。到了山门，遇见法号为“心法”的僧人，光着脚坐在石头上。在心法引导下，作者欣赏了苏轼和王羲之的碑碣。然后作者在白鹊山看到了一望无际的太湖。

全文用白描的手法写景，对话生动。以朴实的语言写景叙事，别具匠心。

（金梦娇　沈　慧）

飞英雅集记

〔清〕丁 桂

丁桂，清朝归安（今浙江湖州）人，字景颜，号子香，县学生。少孤，依舅氏沈登瀛读书、生活。著有《欧余山房文集》。

题记

文章选自《欧余山房文集》卷上。中国文人自古喜聚会宴乐。文人之集会，素来为雅事。文章记载了清代文人的一次飞英寺雅集。

维甲辰二月己亥，蒋君海珊集郡中搢绅名士于飞英寺，为登塔之游。各用赵文敏韵赋诗。海珊谓是集也，登高望远，畅意游观，觞咏[1]流连，娱情宾主。盖自戊戌斯塔落成以来，未有如今日之集者。既绘图以记其事，复属友人乞文于桂。夫吾湖胜集，莫盛于岘山之会。其时当明之中叶，天下承平，士大夫以名节相高，若蒋恭靖石莽、吴大令我斋、刘清惠南坦、顾司寇箬溪、唐刑部一庵诸先正，皆以巨人长德，狎[2]主湖山，而因以薰德考业，非徒夸结契[3]之盛。所图前后在会十七人之形，仿佛洛社耆英[4]故事，亦所以景仰前贤，观型后学。至今溯其风流，其人如可见也。乃三百年来山水依然未闻有踵而行之者，岂好事之人不可多得与。抑虽有胜集而无文以纪之，遂致失其传与。今海珊之为此会也，殆有闻风兴起之思乎。

夫斯塔之壮郡城形势久矣。登其巅，则弁峰之苍秀，具区之浩荡，历历在目，是何异于岘山玉湖之胜也哉。境不必论喧寂，位不必分显晦，年不必别长幼。

相与发怀古之情，敦丽泽[5]之谊，古今一也。诸君子幸值无事之日，揖让文宴于其间，以视文敏诗所云“鱼龙衮衮危舟楫，鸿雁冥冥避网罗”，不免有忧患之思者相去远矣。诚不可以无述，会者十八人：崔茂才丹厓德瑛、奚上舍榆楼疑、凌茂才耦山庚、戴茂才铜士铭金、江参军鹤汀辰、张大令同庄珍泉、李大令菊潭彬、吴明经半峰汝雯、王参军少伯我驹、杨明经毅亭炳谦、莫孝廉晋斋鋆、陈茂才嗜梅纲，丁上舍蕃园棠，许茂才星田椿林，姚笃斋培之，汪上舍珊洲熙春，钮介庭福景。主者蒋员外维城，即海珊也。期而不至者十三人：费上舍星甫南辉、王封君乂帆杰、潘封君西村启贤、杨观察蕉雨炳堃、赵明经怡庭光祚、赵参军西园光镛、徐上舍漱泉宝林、杨孝廉西舫炳咸、钮封君兰汀升元、许茂才宪波澂、潘理问菊田襄、陈茂才风樵薰、闵少尹小山受璜，而费晓楼丹旭、于六厓津，则不期而至者也。桂未与斯集，无以发诸君子之怀抱。且会中多前辈，何敢僭越，而海珊之请不获辞，因记其大略如此。时会后两阅月，实四月丁酉朔也。里人丁桂子香记。

注释

[1]觞咏：饮酒赋诗。
[2]狎：轮流。
[3]结契：彼此相交，甚为投缘。
[4]洛社耆英：宋代文彦博与富弼、司马光等聚集洛阳，高年者有十三人（一说十一人）置酒相乐，称“洛阳耆英会”。
[5]丽泽：原意是两个相连的沼泽，比喻朋友互相切磋。

赏析

文章记述道光二十四年（1844）湖州城内飞英寺举办的一次文人雅集活动。主办者蒋海珊请并未参加此次集会的学者丁桂撰文记述此次盛会。丁桂在文中追述了明代湖州文人雅集的历史，认为这是明代岘山之会后仿照宋代“洛社耆英”的又一次盛会。文章假想了登飞英寺塔后看到的风景：弁山苍明丽秀，湖水浩浩荡荡，意境悠远。置身其中，不必在意年幼尊卑，只是抒发怀古之情，相互赋诗。文末记录了所有与会的士人，以志纪念。

文章简洁明快，清新隽永，叙议结合而意味深长。

（傅京京　虞芸茵）

今日飞英公园

重建爱山台记

〔清〕陆心源

陆心源（1838—1894），字刚甫，晚号潜园老人，湖州人。咸丰九年（1859）举人，“苕上七才子”之一，著名藏书家。曾任福建盐运使。归乡后建升山桥，修复安定、爱山二书院，修建仁济善堂，举办义学，整理出版地方文献，为乡人所称颂。其著述甚多，有《皕宋楼藏印》《千甓亭古专图释》等。

题记 文章选自清光绪刻本《仪顾堂集》卷八。湖州爱山书院原为湖州府通判署，爱山台在其后。爱山台台名即来自苏东坡“最爱此山看不足”之句。而在陆心源生活的晚清，由于战乱，爱山台一度荒废。宗源瀚到湖州任知府后，修缮了此台。该文就是对宗知府修缮爱山台这一举措的记述。

爱山台在湖州子城之西北隅，实通判署之后圃。宋郡丞汪君泰亨所创，取东坡“尚爱此山看不足之句”以名之。

国朝乾隆中，以通判署为爱山书院，台遂属于书院。其地虽在城市，而郊外诸山围绕奔凑，涌翠送青，如在几席。承平之日，屋已无存。自经兵燹，台基愈圮。恶木丛生，秽草乱长。翦除以登，不可容足。学士大夫久思兴复，以时绌举嬴[1]，未遑也。

去年上元，宗公[2]来守湖州，百废具兴，浚碧浪湖，疏溇港以利农，增书院之饩[3]，振安定之规以教士，禁火葬、禁溺女，修府志，设义学，以厚风俗，以征文献。未及期年，而民之凋者起，俗之顽者廉，政通人和。公庭多暇，于是登爱山台旧基，顾而乐之。悯其榛秽[4]，鸠工重新，为屋三楹，不日落成。

或者谓公负济世之志，才又足以副之，非寄情于山水者。况乎宦辙所至，尽心民事，日不暇给。方且戒因循，方且屏游观，何敝敝于不急之台为？余以为不然。自来豪杰之士，往往有取于山，以寄其深静之趣，发其高明之思。故诸葛有《梁父》之吟，谢傅有东山之乐，叔子有岘山之游，右军有山阴之叙。岂必山林枯槁之士而后乐此哉？且夫为台榭园囿，与民同乐，古者自王公至于诸侯皆然。咏于《诗》，述于《孟子》，不可诬也。然则公之所为，有以合乎古而远于今矣。是台也，道场、何山峙其南，苍卞、凤凰屏其西，诸毗、升山附其东，太湖三万六千顷，渺淼于其北。无登涉之劳，无探寻之扰。而吴兴清远之胜，可以坐而得之。殆《礼》所谓“居高明而远眺望者”欤？

余未老先衰，颓然无复当世之志，且资山水以终老。今幸见斯台之重新，得以岁时登眺，坐揽诸山之胜，尤为之欢忻鼓舞而不能已也。

注释

[1]时绌举赢：在困难的时候做奢侈的事情。
[2]宗公：宗源瀚，江苏上元人，清朝官吏。在湖州浚碧浪湖，兴水利。
[3]饩（xì）：给养，俸禄。引申为增加拨款。
[4]榛秽：丛生的杂草。

赏析

文章开始追溯了爱山台的历史，然后叙述其荒废的情形，随后描述宗源翰担任知府后重修爱山台的善举。作者引述一些批评的意见，有人认为战乱之后不该急于兴修园囿。但作者表明观点，对此作了批驳，例举诸葛亮、谢安、王羲之等名人为例，来为宗源瀚辩护，并表彰宗知府在湖的政绩。

（诸静雯　唐　琳）

今日爱山广场公园苏轼雕塑

后记

十多年来，我倾情于钻研地方文化和整理文献，唯成就甚少。2020年7月任教于湖州学院之后，研究时间和精力更加多一些。湖州学院是一所立足湖州、面向浙江、辐射全国的高水平应用型大学，我在古代汉语和中国古代文学史等课程的教学中有意识地培养学生的兴趣和实践能力，强调实践性和趣味性。本书收录的52篇古代游记，是我教授课程时部分学生的课堂练习作业。有的同学点校质量和赏析文字水平比较高。为了不埋没他们的辛勤劳动，每篇后面都予以署名。总计有20192431班、20192432班、20192433班、20192434班的86位同学。他们点校这些文章的时候，都还是大二的学生。这四个班级的学习委员袁琳丹、黄文燕、谢卓媛、胡慧莲、李梦菱负责收集作业，反复核对文章内容，为本书出版付出了辛勤的劳动。苏雅、董芝秀、刘雨馨等同学也在校对文字、搜集资料等方面做了很多工作。当然我重新编写校对了全书内容，文责由我来承担。

是为记。

刘正武

2021年9月11日